床母娘珠珠

黃秋芳童話

文　黃秋芳
圖　蘇力卡
主編　徐錦成

目錄

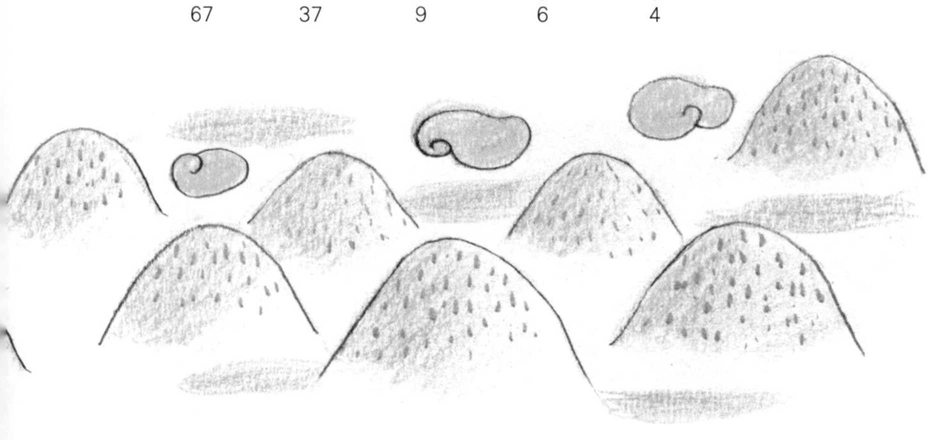

—編輯前言—

駛往下一輪童話盛世

徐錦成

九歌出版社的「童話列車」始發於二〇〇六年六月，第一波推出的兩位經典級作家是司馬中原與管家琪。匆匆數年過去，到二〇一四年四月《童話狗仔隊：林哲璋童話》出版時，這號列車已經掛了整整十一節車廂。

「童話列車」的編輯原意，本是希望為資深的華文童話作家編選足以彰顯其成就的代表作。在最早的幾冊，從司馬中原、管家琪、黃海、王淑芬、傅林統到林世仁，都確實達成這個目標。但必須承認，編選舊作選集在版權取得上並不容易，有幾位作家因此無緣與這套書系合作。

既然現實狀況如此，我們唯有調整編輯方針。於是，接下來的山鷹、楊隆吉、周姚萍、亞平及林哲璋，已不再是他們的舊作重編，而是全新的創作。而不論舊作或新品，共同的是：入選「童話列車」的作家都已有相當的成就與口碑。

且「選集」的精神仍在，我們從這些作家尚未結集的作品中挑選佳作！

今後的出版計畫，仍將以知名作家的新作為主。透過「童話列車」，讀者可看見當代華文童話的最新面貌。

童話，是呼喚童心的文學。不只屬於兒童，也屬於所有童心未泯或想尋回童心的成年人。而童心，在我們這個時代、這個社會，無疑是最珍貴的。

懷著一份童心，列車持續前進，駛往下一輪童話盛世。

—自序—

親愛的寶貝，愛你不需要理由

親愛的寶貝，愛你不需要理由。我喜歡看著你嫩嫩的眼睛，張望著這個世界，那每天睜開眼就環繞在我們身邊的天地花樹、觸手即成事實的平凡日常，都在輕輕訴說，我愛你，我會一直一直陪伴著你，直到天荒地老。

親愛的寶貝，愛你不需要理由。我喜歡牽著你暖暖的小手，摸索著這個世界，感受小草的柔嫩鮮活、花瓣的脆薄透亮、泥土的柔軟潮濕、小鳥的歡愉自在，擁抱更多關於成長的牽繫與依戀；即使在天荒地老以後，陽光灼了，空氣髒了，地崩裂了，水乾涸了，地球在沉睡千萬年又千萬年之後，仍然會輕輕翻了個身，掙出一點點嫩綠，吐露著一些些芬芳，一遍又一遍呼喚，我愛你，我會一直一直在這裡，直到下一次天荒地老。

親愛的寶貝，愛你不需要理由。我喜歡跟著你不受侷限的想像、無懼煎熬的心靈，勇闖天涯海角，翻飛在這個不可能侷限的世界，床母娘、十二婆姐、七星娘媽、南極仙翁、魁星爺、倉頡字聖、花公花婆、珍珍、珠珠、巧巧、寶貝、美麗、阿吉、金鉤快遞、白鷺鷥、螢火蟲、娘媽襖、鳥母衣、玉山、淨河、油飯、夜市……這些盈溢周遭的一點一滴，就是真實生活的面貌，一層一層揭露著我們曾經相信的傳說，曾經依賴的神靈，舊時生活的常模，日常時空的記憶，以及一起經歷過的各種溫柔守護和辛苦修煉。

還記得世界很小很小的時候，汪洋遼遠，地塊漂移，火山翻滾，冰河橫切，菌藻奮力存活，龍魚拚命呼吸，爬蟲盤踞土地，樹藤綿延糾纏，這些任誰都管束不住的青春活力，自由自在地形塑著成長的面貌；還記得我們很小很小的時候，看到的世界很小，想像出來的世界很大，擁有的世界很小，渴望參與的世界就更大，這些任誰都給不起的繁華富庶，歡愉熱切地滋養著成長的可能；還記得你很小很小的時候，你說過的話、你飛揚著的笑聲，你一路走過來的搖搖晃晃，都蘊藏著霧靄般的珠光，藏在記憶裡，經過歲月烘烤，就這樣，慢慢成為只有我們自己才找得到的「漂流仙境」。

所以，親愛的寶貝你不一定會知道，愛你不需要理由。我只能期盼，也許你會相信，天地有愛，無論我們是不是聰明、優秀，只要有愛，生命就會發光，迷糊而平凡的小床母會長大，淘氣而危機四伏的小曾寶貝會幸福，一如我們的冒險、學習，總有機會，一步一步開展出全新而充滿未知的人生，直到有一天，我們在遍經人世滋味時重聚，在我們身體裡，會彼此印記著一些甜美、一些心酸，以及一些很難盡說的溫暖。

黃秋芳 於二〇一五年四月

床母娘的寶貝

【1】珠珠終於畢業了

終於，要從床母學校畢業了！珠珠好高興，天界的神仙們跟著鬆一口氣。尤其是最疼愛她的老神仙南極仙翁，還偷偷塞給她一株曾經幫白蛇救過許仙的「還魂靈芝草」，當做畢業禮物，要她養在身邊，萬一將來被她照顧的小寶寶出了什麼差錯，緊急時可以派上用場。

「哼，你就是不相信我可以當一個好床母。」珠珠手插著腰，嘟起嘴，想想不甘心，又去扯仙翁那白白長長的鬍子，讓他癢得呵呵地笑起來：「你這麼迷糊，連自己都照顧不了，怎麼可能照顧好一個嬰兒呢？」

「可是我會照顧你呀！」珠珠繞到仙翁背後，拾起他的白頭髮輕輕梳了梳。仙翁瞇起眼睛說服她：「還是做一個小花仙算了！當個動物小精靈也不錯啊！到南極仙洞來替我照顧那對通靈仙鶴怎麼樣？做床母很辛苦耶！

你怎麼可能做得好呢？」

對啊！怎麼可能呢？每個神仙都替珠珠捏一把冷汗。從申請就讀床母學校以後，無論她再怎麼努力，只要上過她的課，神仙們就會搖搖頭對她嘆氣：「珠珠啊！你頭上的ＯＫ繃是怎麼一回事？你又在上飛行課時撞傷了，對不對？」

「喂，上課不要打瞌睡！」

「天哪！珠珠把我們變仙術的鳳尾拂塵變不見了！」

「轉錯了，轉錯了，珠珠啊！你要這樣倒回來轉三圈，快點，把鳳尾拂塵變回來！」

床母訓練最重要的「飛行」、「仙術」和「育嬰須知」三種課程，珠珠都學不精。校長只好找珠珠到校長室，用最溫柔的聲音勸她：「珠珠啊！

你有沒有想過，如果不當床母，還有哪些工作，是你覺得做起來很好玩的？」

「不，我就是要當床母！」珠珠非常確定，沒有任何一件事可以改變她，她就是要當床母！

記得，姊姊在床母學校畢業時，從校長手中接過漂亮的如意桃木劍，真讓她羨慕極了。這可不像神仙法寶店裡那些大量製造的桃木劍，是由法力高強的王母娘娘和最疼愛小朋友的七星娘媽，在床母學校畢業前聯手施法，為每一個畢業生量身打造，在桃木劍上注入如意變身力，讓劍隨著需要變大變小，就像孫悟空的金箍棒一樣。

那孫猴子真好笑，總是把金箍棒藏在耳朵裡，一抽出來，常常黏著耳屎，髒死了！不像她們這些聰明的床母，把劍縮得小小的，插在頭上當髮簪，到人間保護孩子時，還可以穿上線條簡單大方的床母衣，雪白的，看起來又溫柔又神氣。

珠珠早就下定決心，要當床母，像姊姊一樣永遠打扮成乾淨漂亮的樣子。

姊姊的如意桃木劍上刻著，田蜜蜜，那是分派給她守護的小寶寶。她看到姊姊的手指頭沿著字體凹槽上的一筆一畫輕輕劃著，笑容像湖水裡的水渦，慢慢晃開，真不敢相信，在家裡對她兇巴巴的姊姊，也有這麼溫柔的時候。

這實在太神奇了！

珠珠躡手躡腳地跟在姊姊身後，和這些剛畢業的床母們，一起走在開滿法寶店的仙奇路上，張望著各種各樣稀奇有趣的「土地公法寶店」、「花仙子法寶店」、「動物法寶店」、「瘋狂驚奇法寶店」……。

天界裡階級分明的天神、地祇們，都喜歡偷空到這附近擠來竄去。

她還偷聽到姊姊和同學們笑咪咪在討論，床母的主要工作，就是照顧一個孩子，守護他們，教育他們，陪他們快樂長大，直到十六歲為止。珠珠和她們一樣，都很好奇，她們這些床母，真能為所有的孩子帶來幸福嗎？她們的神仙生涯，會因為這些孩子變得更美麗吧？

一走進床母法寶店，珠珠立刻被鮮豔的「崑崙煙火花」吸引，輕輕一撒，滿天煙火盛開；什麼顏色都有的「瑤池螢火蟲」，在黑暗裡晶瑩閃爍；「通明靈火」鋪在牆上，熱呼呼的；天花板上的「玉山雪扇」輕輕搧著，體溫降下，好涼、好舒服唷！

還有好多法寶，可以把小寶寶變漂亮，夾高鼻子的「美美夾」、捲長睫毛的「翹翹捲」、吸小嘴巴的「櫻桃唇」、教眼睛說話的「眨眨球」；香香軟軟的「空氣棉花糖」、帶有草莓味道的「冰糖骨頭」、清潔牙齒的「晶晶小泡泡」；還有在小寶寶出狀況時，隨時派得上用場的七星搖鈴、甘露水、鶴涎丹，以及一大堆的「平安符」、「驅鬼符」、「聰明符」、「好睡符」……，一桶一桶堆在櫃台上特賣。

對著這些好吃、好玩又好用的小法寶，小床母們吱吱喳喳討論起來，到人間上任後，可沒有校長、老師們在身邊，一切都要靠自己，各種各樣的法寶，都可以幫得上忙，買越多越好！

看著她們把所有的打工薪水、獎金，和存了一輩子的壓歲錢都花光，還怕買得不夠，珠珠開始擔心，床母這工作是不是很難？雖然她喜歡神奇的如意桃木劍，盼著把「床母法寶大採購」當作華麗的畢業遊行，可是，她可不知道該怎麼照顧好一個孩子。

她決定偷溜到人間看看姊姊。姊姊低頭輕輕推著搖籃，田蜜蜜在睡夢中發出伊伊嗚嗚的怪聲音，或出現皺眉、微笑、各種奇奇怪怪的表情時，圍在她身邊的大人們就會高興地說，床母又在教孩子了，千萬不要叫醒她，這樣孩子才會學得更多，變得更聰明。

就這麼簡單？推推搖籃，哄哄小孩，這就是床母的工作？珠珠多了一點信心，恨不得立刻畢業，像姊姊一樣，有個聽話可愛的超級娃娃，還能以「好床母」的尊貴形象，被好多好多人感謝。

可是，到底什麼時候才會畢業呢？

她老是飛不好，又在仙術課上出過很多意外。最後一次畢業前的會考，當她準備把烏龍茶變成豆漿時，不小心變出一把大火，燒光仙術老師長長的白眉毛，老師忍無可忍地大吼：「出去，出去！你的仙術課永遠不會及格，零分，我只能給你零分。」

要不是南極仙翁親自出馬來調教她，並且給她機會補考，最後到底要到哪裡去呢？珠珠想都不敢想。終於，真的，要從床母學校畢業了！哈哈，她連做夢時，都會被自己特大的笑聲吵醒。

畢業當天，校長親自為畢業生頒發畢業證書和神聖的如意桃木劍，劍上還刻著即將分派給大家的守護使命。接過桃木劍，珠珠腦子裡一片空白，光想著自己就要變成一個真正的床母了！居然高興到全身顫抖，整顆心拴不住地飄起飄落，直到校長大吼一聲：「喂，珠珠啊！」

「什麼？」她莫名其妙地回過頭問。校長清了下喉嚨，終於，裝出很莊嚴的聲音說：「你得把畢業名冊還給我。」

天哪！她把校長手中的畢業名冊，當作畢業證書拿回來了！

「轟！」地一聲巨響，忽然在腦子裡炸開，珠珠漲紅著臉，在滿屋子的笑聲中，硬著頭皮走回去，和校長交換回自己的畢業證書後，立刻，慌慌張張逃出禮堂。

計劃過好幾年，要和同學們一起去逛仙奇路買法寶的念頭也打消了。媽媽不得已，親自到仙奇路替她採買一大堆法寶回來後，愁眉苦臉地說：「哎呀！神仙們都在問我，你家的小珠珠，終於畢業了，可是，她真能照顧好一個嬰兒嗎？一個真正的嬰兒耶！」

【2】孩子怎麼會是這樣的？

不管別人怎麼說，珠珠還是高高興興地上任了！

手握著如意桃木劍，學著姊姊輕輕撫摸著劍上的名字，「曾寶貝」，這孩子真的是她的寶貝。終於，她也可以像姊姊一樣，接受人們真誠的感謝和託付。

每一次偷溜到人間，她都好羨慕已就任的床母。當家裡有小小孩出生，人們就開始拜床母娘，不但固定在七夕和除夕要拜，遇到孩子做生日、生病，或發生任何特殊問題時，都要來拜託床母，他們總是不斷感謝並祈求床母娘：「保佑嬰兒長得好」、「保佑嬰兒會讀書」、「保佑嬰兒夜裡好好睡，白天好好玩。」……

到了七夕傍晚，敬拜床母娘的神聖時刻，人們供上香噴噴的麻油雞酒、油飯和蓬鬆鬆的軟糕，燒三柱香，把香插在床頭隙縫裡，薰得滿屋子香香的。珠珠深深一吸，全身跟著放鬆，就在旁邊床上舒服躺下，迎接一個溫柔而安靜的夜晚。

拜床母不需要放鞭炮，所以，她不用擔心等一下會被鞭炮聲驚嚇，人們焚燒一種叫做「床母衣」的金紙，金紙上印著小巧精緻的衣服、裙子、長褲、鞋子、扇子、梳子、針線剪刀……，為床母娘添加新衣裝飾。躺在床上，享受著這種被人們感謝、膜拜的感覺，感動得自顧自含著眼淚在笑，在睡夢中，珠珠笑咪咪地為自己雪白的床母衣添進金紙上的金邊，很高興，自己終於畢業了！

這時，床頭傳來冷冰冰的聲音：「喂，你怎麼隨便睡到我的床上？我是這兒的床母，這些供品是為了感謝我，不是給你的！」

她整張臉漲得通紅，跳起身，離開甜蜜薰香的床往外逃，冷冷的風一吹來，耳朵邊跟著響起一聲尖叫，姊姊一連串對她吼：「喂，我就知道你一定會耽誤時間！曾寶貝已經生下來了，你這床母居然沒有守在他身邊？發什麼呆？還不快去醫院！要不是剛好在拜床母，我也沒時間偷溜出來找你，以後我真的幫不上忙啦！你可不要再出什麼紕漏了，床母責任重大，要小心，要加油啊！」

姊姊的話像子彈般掃射過來，捲起一陣風，整個人衝過來又急著飛遠，一下子就不見了。

珠珠清醒過來，急急衝到醫院。哇！好多小嬰兒唷！

照著編號，她找到「二十六號」嬰兒床邊，一下子愣在那裡，天哪！這小女孩，看起來比姊姊的田蜜蜜更漂亮、更聰明耶！好幸福！珠珠蹲下身，把臉貼在小女孩嫩嫩的臉上，眼淚嘩啦嘩啦地滾下來，溼溼、鹹鹹的淚水刺痛小女孩，她開始不舒服發出嗯嗯嚶嚶的聲音，想掙脫珠珠的懷抱，珠珠背後有人急急忙忙趕過來：「噯，噯，你這是幹嘛？想欺負我的寶寶啊？」

回頭一看，居然是床母學校同期畢業的同學。珠珠奇怪地問：「這不是我的寶寶，二十六號，曾寶貝嗎？」

「二十六號？怎麼可能？你又搞錯了吧？拜託，我們都畢業了耶！你到底要迷糊到什麼時候？真實的孩子，可沒有讓我們不及格的機會唷！」沒等同學說完，珠珠急急拉出桃木劍一看，糟糕，真的弄錯了！她紅著臉一連聲地道歉：「對不起，對不起，我跑錯了，原來我的寶寶是三十六號，還要再過去一點點。」

珠珠衝到「三十六號」嬰兒床邊，因為剛才在二十六號床邊又高興、又震撼、又掉眼淚，激動的感情一時都用光了，只好靜靜看著小嬰兒張著圓圓、黑黑、亮亮的眼睛，盯著她，一直盯著她。

也許姊姊的田蜜蜜給她的印象太深刻了，她一直沒想過，會分到一個男孩。

就在她發呆時，小嬰兒的眼睛忽然不見了，有一張神祕的嘴，張開，再張開，大大地張開，那張大大的嘴，蓋住她全部的視線，只看到深深的喉嚨裡，有幾條鮮紅的血管、筋絡，正用力伸縮，忽然，小嬰兒驚天動地哭號起來。

那聲音這麼響，嚇到幾個孩子，接著，尖叫聲從這裡、那裡，四處響了起來。嬰兒們開始哭鬧。護士衝了進來，整個嬰兒室裡的床母都在瞪珠珠，珠珠一低頭，剛好看到小嬰兒張著好大好大的嘴，深吸一口氣，停頓了下，眼看就要以雷霆聲勢嘶喊出來了，她慌忙掏出「櫻桃唇」想封住他的嘴，沒想到，竟被他一吸氣就吞下，「櫻桃唇」卡在胸口，隨著哭聲擴張、塌下，一張嘴失控地擴大、擴大，擴大……。

滿屋子像一場噩夢。珠珠的耳朵就要聾了，頭也昏昏的，完全沒辦法思考接下來該做些什麼，只能瘋狂地撈著法寶袋，拿出什麼就丟什麼。

她先丟出「美美夾」想夾嬰兒嘴巴，誰知道孩子一掙，夾到下巴，一時像殺豬似地嚎叫起來；來不及停手，她又丟出「翹翹捲」，這下子嬰兒的上嘴唇被捲得像個黑人；接著甩出「眨眨球」，孩子的哭聲開始出現千變萬化的旋律，她想起「眨眨球」原是為了教不會說話的孩子如何用眼睛來替他們說話，原來「眼睛的聲音」是這麼一回事，實在好可怕！

怎麼辦？到底該怎麼辦呢？要不是手忙腳亂到實在騰不出時間，珠珠好想哭。終於，當她丟出鮮豔的「崑崙煙火花」時，轟然盛開的滿天煙火，閃爍著美麗花雨，顏色鮮豔，光點迷人，所有哭泣、尖叫中的孩子，一時都看得入迷。嬰兒室安靜下來。護士們終於有時間吐出一口氣說：「天哪！」、「怎麼一回事？」、「到底是怎麼啦？」

護士們看不到，幾個在學校表現很好的床母，正熟練、專業地安慰她們的寶寶。

其他的床母們，有的嘆一口氣；有的對珠珠搖搖頭；有的無情地瞪著她；還有一些七嘴八舌地指責：「你就是這樣，什麼都做不好！」

「校長怎麼可以讓你畢業？」

「嬰兒真的很脆弱，我們做床母的，不能隨便犯錯。」

「你，真的要繼續做下去嗎？」

「你應該早點回學校，申請新的床母，來接手這個工作，你做不來。」……

所有的聲音，不斷繞呀繞在珠珠的耳朵旁，她什麼話都說不出來。只是疲倦地靠在嬰兒床邊，無助地想，孩子怎麼會是這樣的呢？

【3】愛的記號

「都換過這麼多醫生了，這孩子的血管瘤怎麼都沒有改善？」曾寶貝的媽媽心情有點煩。曾爸爸親了孩子額頭，笑咪咪地說：「老人家不都說，這些紅血印，都是床母做的記號？一定是我們曾寶貝太寶貝了，床母才會做這麼多記號。」

「床母是兒童的守護神耶！怎麼捨得在這麼嫩的嬰兒身上，捏出這麼多烏青？」曾媽媽生氣地指著孩子的臉：「而且你瞧，胸口那一大片也就算了，居然下巴也有，上嘴唇也有，床母不知道把記號做在臉上很難看嗎？她就不怕影響孩子長大以後的心理發展？」

「醫生都說了，血管瘤只是血管異常增生或擴張的良性皮膚瘤，沒有生命危險，而且百分之八十三的血管瘤，都長在頭頸部，大部分的孩子都是這樣的，你別瞎操心！」曾爸爸摟了下曾媽媽。剛剛還兇巴巴的曾媽媽，一下子又哭了：「怎麼可能不操心呢？醫生不是一直提醒我們，長在眼瞼、鼻子和嘴巴周圍，甚至是口腔內的血管瘤，都可能造成寶寶視力、呼吸和吸吮上的功能障礙，還有一些糟糕的特例，即使經過一次又一次的大手術，也沒辦法改善。你看，我們家寶貝那些印記，正不斷向呼吸道擴張，到底以後他要怎麼辨哪？」

珠珠也湊過來，和他們一起打量著那些擴張的血印，心情非常複雜。

她當然知道，人們在十六歲以後就看不到床母了，如果一個孩子不再相信世界上有床母，眼睛也會老化得看不到一直陪在他們身邊的床母。曾爸爸所以會一直用「床母做記號」來安慰曾媽媽，那是因為，他們都害怕面對孩子的問題，只能用「床母」做藉口來安慰自己。

可是，珠珠常想，曾爸爸如果知道，無論是「美美夾」夾過的下巴，「翹翹捲」捲過的上嘴唇，還是胸口那一大片被她用盡全力推出「櫻桃唇」的瘀青，那些血紅的印記，真的都是床母娘做的記號，那麼，他們還想用「床母做記號」來互相安慰嗎？

不可能吧？

珠珠覺得很丟臉。每想到這孩子從出生就吃了這麼多苦頭，她又特別難過，都怪自己這個差勁的床母！她只能拚命寵著曾寶貝，慷慨地在他嘴裡塞進好多「空氣棉花糖」、「冰糖骨頭」、「晶晶小泡泡」……，鍛鍊他的牙床，讓他清潔牙齒，練習做各種口腔運動，有時候因為嘴裡咀嚼的聲音太大了，連爸爸、媽媽都忍不住在夜裡起身來看看他。

曾寶貝怕黑，珠珠整夜不睡，為他唱好聽的搖籃歌；有時候為了教他翻身、運動，珠珠示範繞圈圈、用單手假裝很吃力地撐起身體。那種笨拙的樣子他最愛看了，常常吱咕、吱咕笑起來，這時候曾媽媽就會高興地叫曾爸爸來看：「這孩子怎麼這麼喜歡一個人發笑？」

他們當然不知道，是床母娘在逗著孩子玩呢！

珠珠終於發現，每一個孩子，都有他自己可愛的樣子。現在，要是姊姊想拿田蜜蜜來換她的曾寶貝，她也不肯，因為，她終於知道，每一個床母都好愛好愛她們的寶貝。

逗曾寶貝的時間越來越長，珠珠也越來越害怕。每到七夕傍晚，一聞到刻意為她準備的雞酒、油飯和軟糕香氣，她就特別心虛。曾寶貝兩周歲生日到了，血管瘤像生日禮物一樣，一年一年，慢慢往呼吸道蔓延，看起來很危險，這一切都是自己的錯，沒什麼值得別人感謝的。

這兩年來，她想盡辦法、施盡仙術，想要除掉這些血管瘤，常把曾寶貝弄痛、弄哭。不過，她不會再手忙腳亂了，越來越知道怎麼安撫小孩。

「崑崙煙火花」用光後，還有好多漂亮的「瑤池螢火蟲」，只要一放，曾寶貝就高興地在空中抓呀抓地，每個孩子都一樣，他們最喜歡用手指頭，輕輕碰觸各種閃爍在黑暗裡的晶瑩光點。

有一天，珠珠試著用新仙術挖開曾寶貝胸口那浮腫的血管，力量下得太重，卻沒聽見這孩子哭，她吃了一驚，一定有問題！果然，他的臉色漲得通紅，像要爆炸開來似地，她急急搖了搖他的身體，他掙了掙，一會就不動了，只是靜靜張著眼睛看她，身體燙得像一團火。

驚慌和心酸衝撞著她，她一手搧著「玉山雪扇」，一手試用各種搶救仙術，瘋狂地，像以前在教室一樣，越緊張越容易出錯。

孩子在不斷的法術和痛苦中，猛抽一下，最後，臉色慢慢變青、慢慢變冷。珠珠丟開雪扇，疊起所有的「通明靈火」，熱呼呼的被鋪並沒有讓曾寶貝暖起來，她只能抓著大把大把的「平安符」、「驅鬼符」、「聰明符」、「好睡符」……，全部往他頭上撒，曾寶貝的身體還是僵冷的，她開始發抖，不，寶貝的生命不能就這樣消失！

別怕，別怕！還有南極仙翁的還魂靈芝草。深吸一口氣，她告訴自己，為了搶救這孩子，一定，一定要鎮定下來。珠珠衝到窗口，停住，整張臉凍在那裡，怎麼？怎麼會這樣？不知道什麼時候，靈芝草早就乾死了，只剩下，焦黃的幾根枯葉。

她暈眩了下，撐著身體，強迫自己打起精神，只剩下最後一個辦法了。

珠珠摘下頭髮上的如意桃木劍，放大，放大，放大到直頂住嬰兒床上的天花板，一咬牙，用勁凝聚全身真氣，從她頭頂百會穴上，騰空升起一縷細細的白煙，慢慢地，煙氣越來越多、越來越濃，沿著嬰兒床罩成一朵小白雲，雲，雲色漸次轉為七彩，煙色斑斕，然後，下了一場繽紛的彩虹雨，水氣滲進曾寶貝發青發冷的臉，一會兒，曾寶貝的臉色恢復血紅，發出均勻的呼吸聲。

如意桃木劍開始縮小，縮小，小到握都握不住就掉在地上，王母娘娘和七星娘媽聯手注入劍裡的法力都消失了。七彩煙色，繞啊繞地，慢慢旋轉、慢慢騰升，升得高高地、高高地，煙氣細細，像一條又一條相接延續著的雲絲，淡淡的，長長的，延伸到遠遠的天際……

珠珠癱了下來，費力地勾住嬰兒床欄杆。她的真氣和仙術，全都耗盡了，連如意桃木劍也保不住，怕再沒辦法照顧這個孩子到十六歲了。

她虛弱地靠在床邊，不得不傷心地承認：「寶貝，我真差勁！別的床母說得對，為了你好，我還是釋放出七彩煙雲，通知王母娘娘，為你找一個更好的床母來。」

她想站起身，又虛脫到完全使不出力氣。這時，有一隻胖胖的小手，從嬰兒床的欄杆裡伸出來，勾住珠珠的手指頭。曾寶貝不會說話，只是用烏

溜溜的眼睛對她說著一百種、一千種捨不得。

珠珠感動得落下淚。

奇怪的事情發生了，眼淚落在曾寶貝的上嘴唇，血印消失了；落在曾寶貝的下巴，血印也消失了；然後，她顫抖著手掀開曾寶貝的衣服，眼淚落下，盤踞在曾寶貝胸口的一大片血印，居然，在淚水中慢慢、慢慢溶化了。

珠珠張大了嘴，含著眼淚，高高興興地笑起來。

她伏在曾寶貝身上，覺得自己好愛他好愛他，愛到不知道用什麼方法讓他知道，她有多愛他。於是，她在他屁股上輕輕咬一口。讓他在珠珠離開以後，還會一直記得，他是床母娘的寶貝，所以，床母才要為他做一個記號。

這樣，她就可以愛他很久很久，永遠不會在人群中找不到他。

床母娘的快樂

【1】王母娘娘的祝福

王母娘娘不喜歡穿戴過度華麗的衣飾，總是在鬢旁髮梢，藉著淡淡的香精油，透出難以捉摸的神祕感，襯托出自己和一般靈姑、仙女完全不同的身分和氣質。

每天一早，天沒亮，清晨的露水還沒收乾，她就到花園散步，根據心情，選用三十二種不同香氣的花瓣，調煮出最新鮮的香精油，然後十指沾上薄薄的香精油，抓起細細的銀髮，小心地挽起一個「看起來很隨興」的髮髻。她知道很多漂亮的仙女、精靈們，常聚在「髮術研究院」裡模仿她這個髮髻，總是不怎麼抓得住準確的味道，這些小姑娘們哪裡知道，為這「看起來很隨興」的髮髻，她早已練習過三萬六千年，怎麼可能讓人隨便模仿得了呢？

一想到這裡，王母娘娘忍不住對著鏡子微微笑了起來。忽然，手顫了一下，髮髻掉了半邊，銀色的髮散在額前，蓋住她的眼睛。她忍不住閉上眼，仔細去感覺，有一縷細細的、幾乎感覺不到的七彩煙氣，遠遠的，慢慢接繫到她的指尖，然後，又慢慢的，繼續連繫到很遠很遠的地方，她專注著意志力，隨著這一縷幾乎快斷絕了的煙色，又行走了一會，然後，駐留在七星娘媽的指尖上。

一定是哪一個小床母出事了！

她心一動，幾秒鐘內就俐落地紮起髮髻，趕到王宮正廳等著。果然，不到幾分鐘，七星娘媽已經趕到，並且著慌地說：「不知道是哪一個小床母出事了！」

這兩個情同好姊妹的親密母女，立刻面對面手扶著手，指尖接著指尖，細細的煙氣從王母娘娘指尖流進七星娘媽指尖，又從七星娘媽指尖流回王母娘娘指尖，形成一圈又一圈循環，七彩煙氣越來越濃，越來越清楚，然後她們一起驚嘆：「是珠珠！哎呀，當然是珠珠，要不然，還會有誰呢？」

這煙氣，其實是王母娘娘和七星娘媽聯手注入如意桃木劍裡的法力，做為所有床母娘的畢業禮物，讓她們在最危難的情形下，只要把全身的真氣和仙術提到最高層級，就能打開如意桃木劍的封印，藉由其中的法力把本身的真氣仙術放大到極限，有時候甚至是幾千倍，幫助她們度過難關。

但是，接下來就是她們最危險的時候，沒有真氣，沒有仙術，又失去如意桃木劍裡的法力保護，所以，從來沒有任何一位床母娘會冒著這樣的危險，把自己的真氣仙術輕易耗盡。

除了珠珠。

她們相互對看一眼，忍不住嘆了口氣。大部分的床母經過嚴格訓練後分派到人間守護一個小孩，總是稱職地陪著這個孩子直到十六歲為止。只有珠珠，從一開始照顧曾寶貝就不斷出紕漏，短短兩年，為了挽救曾寶貝，耗盡全身法力，到底要說珠珠這個床母娘太笨了，根本做不好床母的工作？還是要說珠珠太認真了，做得比一般床母更拚命呢？

要不要讓珠珠回來？她們忽然想到，應該讓最疼愛珠珠的「私人家教」有機會說說話。王母娘娘立刻把半年來精心調製的香精油混在一起，注入曾經駐留在珠珠如意桃木劍裡的法力，釋放出五千七百六十種花瓣的芬芳，用最快的速度薰進南極仙洞，使得看守洞口的那對通靈仙鶴不斷打起噴嚏，一會兒，王宮正廳就響起南極仙翁呵呵的笑聲：「怎麼啦？王母小姑娘，一大早，就用這麼香噴噴的方法叫我起床哪！」

「真是的，仙翁只不過大我幾千歲，就愛倚老賣老。」王母娘娘回頭，小聲對七星娘媽埋怨了幾句，才又笑咪咪地迎接仙翁說：「哎呀！還不是為了您最疼愛的那個小迷糊珠珠嘛！才到人間兩年，她居然把真氣、仙術和如意桃木劍裡的法力保護，全都耗盡了！」

「什麼？」仙翁一下子坐不住，回頭立刻要走。七星娘媽俐落地攔在門前拉住他，並且耐性地勸：「等一下！我們找仙翁來，實在是有事商量。我們已經接收到珠珠的求救，她害怕自己沒辦法照顧曾寶貝到十六歲，願意回來接受更嚴格的訓練，請求我們指派一個更好的床母來替代她，這件事，你怎麼看？」

「這……」南極仙翁完全說不出話。想起自己以前常常勸珠珠，做做草精、花仙或動物精靈算了，可是，她總是執著認真地準備當一個床母，還出動他親自調教，才讓珠珠順利畢業。

雖然對珠珠說過一千遍，不要當床母啦！現在珠珠不在身邊，他反而不敢輕易替她決定未來。仙翁沉吟著，不自覺地扭著白白、長長的鬍子，結成一個麻花辮，七星娘媽忍不住抿起嘴笑：「仙翁疼這孩子，真的疼到心坎裡啦！我們就知道，找你來，會想得深一點、多一點。」

「說老實話，我們很高興，珠珠自己想通了，她真的沒有能力照顧好一個孩子。無論接受如何嚴格的訓練，一個人的個性和特質，是永遠改不了的。」王母娘娘憂慮地皺起眉頭。七星娘媽趕緊打起圓場：「可是，我們也想聽聽，如果我們讓她繼續做一個床母，她會有什麼優點呢？」

「好，你們都已經自動站到贊成珠珠回來那一邊，為什麼又要把我分派到反對這邊呢？我自己都還下不了決定呢！」南極仙翁苦惱地說。七星娘媽反而笑：「因為只有你相信，珠珠很會照顧人，不是拜託她照顧通靈仙鶴，要不，就是說服她到仙洞，去照顧你那裡裡外外的動物和植物。」

「對啊！我怎麼都沒注意到，原來，我一直希望珠珠待在我身邊，照顧仙洞邊全部的動物和植物。」南極仙翁陷入沉思，開始認真回想：「只要珠珠在我身邊，我都很快樂。她最特別的地方是……，嗯……，好像她喜歡你，就是喜歡你，沒有太多的理由，也沒有功利的打算，就是會一直一直喜歡下去。」

「真的嗎？」七星娘媽一個人要照顧所有屆近十六歲的少男少女，忙碌得不得了，實在沒有機會注意到這些小床母的生活細節。王母娘娘卻忽然想起，有一次到床母學校視察時，每個小床母都吱吱喳喳地繞在她身邊，研究她那出名的美麗髮髻。只有小珠珠，第一次看到她，只顧盯住她的眼睛，仰起臉笑咪咪問：「你那銀色發亮的髮絲是怎麼來的？我們活很多歲很多歲很多歲以後，就可以像你這樣嗎？我看著你的時候，覺得好快樂唷！」

那時，她看著小珠珠亮亮的眼睛，居然說不出話，只覺得自己沒有理由地跟著快樂起來。對了！這就是小珠珠的熱情吧！她常常一派天真地喜歡上所有她身邊的人，以及所有發生在她身邊的事情，把鳳尾拂塵變不見還笑得出來，飛行時撞得鼻青臉腫也無所謂，無論好的、壞的，總是興高采烈。王母娘娘忽然嘆了口氣：「就請仙翁跑一趟吧！告訴珠珠，小床母是不能請假的，看她要怎麼把曾寶貝帶到十六歲？」

「ㄟㄟㄟ，怎麼會這樣？」七星娘媽嚷了起來：「不是說好了嗎？先聽聽南極仙翁怎麼說，最後，還是得把珠珠換掉，要不然曾寶貝活不到十六歲呀！救命哪！好可憐的曾寶貝！」

王母娘娘和南極仙翁對看一眼，一起笑了起來。她拿出一把嶄新的如意桃木劍，重新刻上「曾寶貝」的名字，輕聲囑託：「我為這把劍重新注入飛行法力，可能沒有以前好用，不過，還是要託您帶給珠珠，告訴她，最嚴格的床母訓練，就是待在曾寶貝身邊，希望你這個專屬家教，可以替她找到最有效的學習方法。」

「算了，既然你們都這麼想，還是加上我的法力好了！」七星娘媽接過如意桃木劍，比任何一把劍都要注入更多的法力，讓這把劍擁有如意變身、緊急照明、瞬間移位……等各種能量，並且皺起眉頭說：「我還加上分段功能，讓她分成三次使用，不能再一下子就把法力耗盡，哎呀！這個珠珠唷！還不知道要出多少紕漏呢！」

【2】南極仙翁的快遞

「金鉤快遞，使命必達！」屋子裡忽然響起一聲洪亮的口號，震得珠珠跳起身，直覺地拍了拍皺起眉頭的曾寶貝，摟緊這孩子直到他重新熟睡，才轉身張大眼睛，瞪著眼前不知道從哪裡蹦出來的白鷺鷥怪小子。尖尖嘴銜著一個大大的包袱，細細長長的腳，踩著金色的鉤鉤，全身雪白，就掛著一副漆黑的半圓頭飾，拉著兩條細細的長線塞耳朵裡，看起來怪裡怪氣的，說耳環不像耳環，說武器又不像武器，最令人難以想像的是，他好像隨著那兩條細線，不能自由控制似地全身抖來抖去。

這到底是什麼新興的招式？珠珠緊張得跨前兩步，擋在曾寶貝的嬰兒床前，她現在法力盡失，不知道王母娘娘什麼時候才會派出新的床母娘，來照顧她最心愛的曾寶貝。

眼前沒別的方法，只能靠身體擋一陣子。沒想到，這隻古怪的白鷺鷥放下包袱，從中叼出一支如意桃木劍遞給她，她半驚半疑地接過劍，發現劍上刻著細細的三個小字：「曾寶貝」，並且迅速地在她掌中縮小、縮小，直到剛好可以當做髮插用的大小，讓她愣在當場。白鷺鷥忽然說：「耶？你們床母娘不是都把如意桃木劍，插在髮髻上當髮插的嗎？」

「這，這把如意桃木劍是要給我的嗎？」珠珠還搞不清楚怎麼回事時，白鷺鷥又從包袱中，叼出各種各樣不同的法寶，擱在地上，像仙奇路上各種各樣熱鬧的攤位一樣，他也學著那些仙人老闆，熱情地做起廣告：「南極仙翁交代的，叫我先用歡歡洗腦刷替你做腦部按摩。有不愉快嗎？讓你忘記傷心，忘記害怕，忘記一切！」

「什麼？是南極仙翁叫你來的？他知道我做了什麼事了嗎？他……」珠

珠紅起眼眶，傷心地說：「我知道了，是南極仙翁準備接我回家了！真的像他預言的，我做不了一個好床母。」

「別胡說了，這可不是金鉤快遞無敵阿吉的任務。南極仙翁最喜歡我這雙快腿，完全不顧那對討人厭的仙鶴，如何吵吵鬧鬧要到人間觀光，還特別委託我，送你好多東西，讓你繼續待在曾寶貝身邊，學習做一個更好更棒的床母娘！他還交代啊，曾寶貝就是你的使

命，床母娘只有待在使命身邊，才可以深刻地成長成熟！」阿吉忽然又沒頭沒腦地加一句：「金鉤快遞，使命必達！」

珠珠忍不住含著眼淚被逗笑。一會，又不放心地問：「仙翁要我繼續待在曾寶貝身邊，王母娘娘又給我新的如意桃木劍，是不是他們還願意繼續指導我，做一個比以前更好一點的床母娘？」

「沒有耶！他們都說，你得在曾寶貝身邊自己摸索，這是一段比學校更重要、也更有用的學習。」阿吉忽然又叼起一個墨晶般的長方形黑玉屏，得意洋洋地介紹：「不過，仙翁要我送你這個，如意屏，最如意，看一眼，用永遠，看一次，用一世，生命的祕密收在這裡，疑惑的答案藏在這裡！」

「什麼？如意屏？這是玉皇大帝送他的禮物，他一直寶貝得不得了的呀！」珠珠吃驚地張大嘴巴。阿吉搖搖頭說：「這也沒辦法呀！他本來準備了很多當年你在床母學校上課時，親自為你記下來的各種學習重點，可是，你現在什麼法力都沒啦！還要逼你讀書，萬一曾寶貝出了什麼麻煩，他這個連帶保證人要負責任的呀！我就看著他忙進忙出，折騰了老半天，終於萬般捨不得地把如意屏借給你，讓你遇到什麼問題，都可以立刻找到解決辦法。記住唷！是借給你的！瞧，契約書在這，約定好九千九百九十九年後要還給他。」

「可是，我又不會使用如意屏。」珠珠有點擔心。阿吉大笑：「這是如意屏耶！你只要隨便想一想問題，答案立刻出現！來，我們現在就來試一試！」

阿吉非常興奮，很快在心裡嚷著，如意屏啊如意屏，誰是世界上跑得最快的無敵鳥？他才得意洋洋地在腦子裡轉起「金鉤快遞，無敵阿吉」八個字時，如意屏上現出一隻驚人的大鵬鳥，張開翅膀，居然遮掉了一整片山，當他起飛時天空一暗，飛沙走石，瞬間連到天際，不知翻越過幾座山，阿吉目瞪口呆，整個人像被定身仙術鎖住，動彈不得。直到珠珠推他：「喂，你還好吧？」

「酷——噢——！」他回過神，轉身又拉拉連在耳朵邊的兩條細線，無所謂地點了兩三下頭，然後又振起手臂，全身抖來抖去，跳了幾下。珠珠忍不住指指他那奇怪的半圓頭飾問：「那到底是什麼東西呀？」

「這是我的祕密武器！MP隨身機，隨身跑，隨你聽，隨便跑，隨便聽。音樂讓我快樂加倍，舞蹈讓我活力滿分！」一恢復無敵阿吉的自信心，他笑咪咪地加上一句：「金鉤快遞，使命必達！」

像出現時一樣神祕莫測，阿吉瞬間又消失得無影無蹤。忽然，有一個包袱飛過來，遠遠地傳來阿吉的笑聲：「哈，忘了告訴你，我的興趣是科學發明。這是快遞贈品！安寧冷精，潑到哪涼到哪，涼起來最開心！起床後，睡覺前，護牙靈帶著你的牙齒，從一顆到三千四百顆，從黑漆漆變亮晶晶！」

珠珠手一接，滿手冰涼涼的，又黏搭搭的，忍不住整張臉皺起來，阿吉甩包袱時，把安寧冷精潑到護牙靈了，這下子曾寶貝的牙齒只會發酸發冷，護也護不靈了。一摸到護牙靈，珠珠開始傷起腦筋。她的曾寶貝，真的需要護牙靈，雖然不需要長到三千四百顆，可是，還是得加油！因為，他都兩歲多了，還是這麼兩顆牙齒。

傷腦筋的，還不只是這些呢！她想到這孩子從出生後就因為自己的疏失吃了很多苦頭，特別寵了他好長一段時間，在他來不及說出想要什麼之前，就急切地為他打點一切，給他吃各種好吃的仙糖，整夜為他唱好聽的瑤池歌，施盡仙術陪他玩、逗他笑……。

這樣的曾寶貝，當然變得非常任性，兩歲多了，還不想學說話，常常手一伸，就指向他要的東西，手指頭往上，往下，左轉，右轉，這個，那個……。

他的爸爸、媽媽常常想，這孩子的發展是不是太慢了？正常孩子在兩歲時不是都應該會說一些簡單的疊字？不是這樣嗎？他們常常模仿著嬰幼兒的聲音，爸爸呀！媽媽哪！狗狗、貓貓、喝水水一類的，衣服漂漂，眼睛亮亮，肚子餓餓……，只要他們一對曾寶貝說話，他就別過頭去，有時，還伸出嫩嫩的手指，把對著他說話的每一張嘴巴都摀住。

每次才想著是不是應該糾正他，只要他手一指，媽媽又急切地抓住所有的東西猜想他是不是要這個？最後只好在一遍又一遍教他叫「爸爸」、「媽媽」時，無奈地嘆一口氣：「這孩子的一指神功，練得太厲害了，難怪他都不想學說話。」

不行，絕對不能再放縱這個孩子！珠珠從「等待新床母來交接」的絕望消沉中忽然振作，新生起「我要照顧曾寶貝」的昂揚熱情，充滿對曾寶貝未來的憂慮和期待。

首先，得讓曾寶貝開口說話！

【3】世界越來越大

究竟，該怎麼讓曾寶貝學說話呢？

打開如意屏，才想著該如何讓曾寶貝開口說話，黝黯的黑玉屏忽然出現湛藍的海洋，從晃漾的水面上浮起一片瑩潔透亮的大貝殼，貝殼裡坐著一位不知道該如何形容的漂亮女孩，只覺得她金燦燦的長髮，像陽光四射，讓人從心底整個人暖了起來。珠珠迷惑地瞇起眼睛自言自語：「不是想著曾寶貝，就可以知道答案嗎？這如意屏怎麼啦？該不會第一次用就壞掉了？一定會被仙翁罵！這女孩也是一個神仙嗎？到底住在哪裡呢？怎麼從來沒見過？」

「我是維納斯啦！住的地方可遠著呢！往西一直飛，一直飛一直飛，飛到連時間都沒辦法算清楚的時候，也許就可以看到奧林帕斯星球。」維納斯一笑，如意屏就發出一層又一層溫酥的金色，她向珠珠點了點頭：「奧林帕斯，你聽過嗎？真的很遠很遠，要不是如意屏有一種扭轉時空的神奇能量，我們永遠也不可能見面。」

珠珠看呆了，一時竟忘了原來她還在擔心著如何教曾寶貝學說話。還是維納斯提醒她：「嘿，你的曾寶貝生在七夕，是獅子座，非常有主見，其實他不喜歡你們老是用很幼稚的疊字和他說話，什麼糖糖哪！漂漂呀！要不要喝水水？他因為懶得聽，跟著就懶得說話、懶得長牙了。」

「你怎麼會知道？」珠珠問的問題有點傻。維納斯笑得眼睛都瞇了起來，一下子從眼尾流出無數無數銀色的小星星，使得如意屏亮閃閃的，她甜蜜地說：「我當然知道啊！因為，我是愛與尊重的女神，獅子座最需要的就是愛與尊重呢！」

維納斯一離開，如意屏上的陽光金色和星星般的銀色光澤都消失了，珠珠對著墨玉屏面發了會呆。忽然，曾寶貝哭了起來，她正想如常哄他：「寶寶乖，乖寶寶，睡得飽，長得好，乖乖寶寶乖乖睡著！」時，卻記起獅子座寶寶不喜歡幼稚的疊字，他們需要更多的愛和尊重，她發現，這樣的感覺也很不錯，把這孩子當作朋友，他們可以一起探索這個世界。

摟緊曾寶貝，珠珠問起這個孩子：「世界，到底有多大呢？」

曾寶貝靜下來，咕嚕咕嚕地轉著眼珠子，專注聽著珠珠回想起很小很小的時候，跟著仙翁回到南極仙洞去作客，第一次，發現世界這麼大！有好多好多她沒有經歷過、不曾想像過的人事物，不斷吸引著她。

後來，終於學會飛行，第一次升到很高很高的天空上，飛得越遠、飛得越高，世界就變得越大，好像「世界」的邊界被打破了。

這一次遇見維納斯，她又十分驚奇，奧林帕斯星球有多遠呢？那就是世界的邊界了嗎？還是，世界很大很大，根本就不可能找到邊界？珠珠還在胡思亂想，曾寶貝已經甜甜蜜蜜地睡熟了。

第二天，媽媽牽著曾寶貝到公園晒太陽，隨著媽媽越走越遠的腳步，曾寶貝忽然很想知道，世界到底有多大？他伸了幾次「一指神功」，指了指天空，指了指大樹，指了指很遠很遠的小鳥，真的想知道世界是不是就像小鳥飛過去的天空那麼大？可是，媽媽只會陪笑，反覆問著「寶貝想做什麼？」、「要去哪裡？」、「喝水水嗎？」、「想不想溜滑梯？」……這些傻問題，他忍不住摟緊媽媽叫了一聲：「媽媽！」

媽媽一愣。咦？曾寶貝說話了？曾寶貝會說話了耶！珠珠高興得跳了起來，對曾寶貝做了個鬼臉，媽媽高興得笑彎了眼睛。曾寶貝看著笑咪咪的媽媽，回頭又聽到珠珠咯咯咯的笑聲，覺得這一切都好有趣！原來，大家都喜歡聽他叫「媽媽」，這時，有一隻好漂亮的小狗跑過來，曾寶貝立刻對著小狗，同樣也叫了一聲：「媽媽！」

曾寶貝沒注意到，媽媽的笑，忽然凍結。只覺得「說話」這件事也沒什麼了不起！他開始對著天空叫「媽媽」，對著大樹叫「媽媽」，對著小鳥叫「媽媽」。

什麼？小狗是媽媽？天空是媽媽？大樹是媽媽？小鳥也是媽媽？珠珠遮起耳朵，不敢再聽下去。媽媽已經忍不住被曾寶貝這一大堆「媽媽」逗得笑出來，再多的媽媽，又有什麼關係呢？反正，他只有一個真正的媽媽，而且，他已經會叫她媽媽了！

誰也沒想到，曾寶貝就這樣從一句「媽媽」開始，一點一滴摸索著，在家裡學會反覆說著「爸爸」、「我要」、「好餓」、「早安」……，任何時候他一察覺媽媽空了下來，就指著門外說「出去」、「狗叫」、「公園」、「小鳥飛」……。

看起來，曾寶貝的世界越來越大，客廳已經關不住他了。珠珠發現，他也不再像兩歲以前那樣黏著自己，隨時滾著圓溜溜的眼珠子，盯著他的床母娘笑！

有一天，曾寶貝叫了一聲「珠珠媽媽」！一時，像安靜的水面丟進一顆開心炸彈，珠珠整個人都裂開來，滲進糖，滲進蜜，心裡頭甜甜的，腦子裡忽然浮起公園裡曾寶貝的媽媽第一次聽到曾寶貝叫她時那張美麗的臉，原來，被心愛的孩子輕聲呼喚，是這麼甜蜜的滋味！

像任何時候為了逗曾寶貝開心大笑時，珠珠用單手吃力地撐起身體在空中畫了一個圈圈，沒想到，曾寶貝不但沒有像以平常一樣笑起來，只是驚奇地張大眼睛，眨了又眨，一雙手胡亂地揮過來揮過去，看起來又急又笨。珠珠停下來，靜靜看了好久才想清楚，原來，曾寶貝看不到她了！

這孩子必須完全依賴床母守護的「嬰幼兒時期」已經結束。她的階段性任務，也隨著曾寶貝學會說話，暫時告一段落。

記得，她在床母學校上「嬰幼兒常識課」時學過，嬰兒從天上帶著「單純魔力」來到人間，輕易讓每一個人忘記煩惱、開心大笑，只是，這種單純的魔力除了讓大家快樂之外，一點點實用功能都沒有，必須在床母的殷殷呵護裡才能安全長大。

當孩子的世界越來越大，他們會慢慢看不見床母，即使有時因為簡單的快樂恢復嬰幼兒時期的「單純魔力」，一下子又和床母聯繫起來，大人們也會堅持，這是孩子們想像出來的朋友，最後還是會因為各種不同的學習、發展和現實的資產擁有，融入真實人間，不但忘了最初的「單純魔力」，而且也不再相信床母娘曾經陪在他們身邊的各種記憶。

「魔力消失，是成長的必然結果！」老師們反覆在課堂裡交代所有的小床母。珠珠盯著曾寶貝，一遍一遍提醒自己，曾寶貝忘了珠珠媽媽，忘了床母娘，其實是成長的必然結果。

「忘了床母娘」是每個孩子必經的成長歷程。想著想著，珠珠湧起一陣難以形容的酸澀，紅著眼眶，忍不住的薄薄淚光，矇住她的眼睛，就在這層濛濛的淚光背後，她看見曾寶貝開心地伸出「一指神功」，指向她，燦爛地對著她笑了起來，並且瞇起單一隻眼睛，向她眨了一下。

忽然，珠珠完全明白了！魔力會消失，可是，愛不會消失。只要她記得曾寶貝，曾寶貝也記得她，他們之間的聯繫，永遠都不會斷線。

在曾寶貝想念她的時候，在曾寶貝需要她的時候，在曾寶貝經歷最美麗、最快樂，或者是最難過、最傷心的事需要分享的時候……，他就會想起一直陪在他身邊的床母娘，而每一個床母娘，都會在孩子最需要她的時候，出現在孩子身邊。

每一個孩子就是這樣長大的，裝載著越來越多的記憶，以及越來越多的愛和珍惜，這才是成長的必然結果！珠珠笑了起來，也瞇起單隻眼睛，向曾寶貝眨了一下，他們都好快樂，只覺得陽光溫酥，四地的金色，比維納斯出現時還要光耀千千萬萬倍。

床母娘的修煉

【1】除夕辭年

曾寶貝去年回阿祖家過年時，還不滿兩歲。因為年紀太小了，大部分的時間都在睡覺，所以不知道，在高速公路上「玩」塞車，原來這麼好玩！

坐在車上，回家過年的車潮一路走走停停，豔紅的車尾煞車燈，在高速公路上排出一長串龍蛇般的蜿蜒身形，慢慢往前爬，比他在電視卡通上看到的怪獸，不知道大了多少呢！

他趴在車窗上，張大眼睛，不斷盯著窗外，根本沒注意到出生才五個月的妹妹曾美麗，因為塞車，不斷發出不舒服的嚶嚀掙扎，這要是在家裡，他早就不耐煩地遮住耳朵，有時候還會不自覺地嘆起氣來，就像每一個孩子一樣，受不了其他小人兒和他們一樣的吵吵鬧鬧。

高速公路地勢很高，收納著一路上讓人驚豔的鞭炮和煙火，不斷的喧天巨響，以及「星星雨」般的火花相接迸出，華麗，迅速，變化難測，讓曾寶貝驚奇極了！車子一停在阿祖家門口，等不及還在搬一箱又一箱衣服、禮物、糖果點心的爸爸和媽媽，閃過想要摸一摸他的這個叔公，想要抱一抱他的那個姑婆，以及急著要逗他的叔叔、捏他的姑姑們，穿過四個世代、四十六個人的「大家族人肉陣」，曾寶貝直接投進阿嬤懷裡，用又嫩又興奮的聲音說：「阿嬤，煙號，煙吼！」

煙號，煙吼，煙號，煙吼……，一進門爆開的這一串「聲音炸彈」，讓叔叔、姑姑、姑婆、叔公們好高興地稱讚：「曾寶貝會說話了耶！」很快，大家又猜了老半天：「什麼？」、「他在說什麼？」、「他到底在說什麼？」

「他在說啊，鞭炮，煙火啦！」阿嬤不慌不忙地替他解說，沒等到阿嬤

說完，曾寶貝發現院子裡設置兩層供桌，擺滿煙火般紅紅綠綠的顏色，立刻往前衝，吹起驚嘆號似的一大口氣。

他那大大亮亮的眼珠子，繞在兩層供桌邊打轉。低層供桌鋪排著全副的牲禮、水果、年糕和甜料；高一點的頂桌上，有十二道菜碗，麵線三束，年糕、發糕、甜料，還有特別漂亮、由年柑排成的柑塔。曾寶貝手一伸，向柑塔抓去，珠珠急著一攔，他就摔在地上，傻呼呼地睜起圓溜溜的眼睛瞪著珠珠。

珠珠疼惜地摸摸曾寶貝的頭，不知道這孩子還可以這樣看著她、依賴她到什麼時候？

當孩子跟著大人，學了一肚子精明厲害後，越長大就越不容易看見床母。

交錯在純真和傻氣邊界的小小孩，剛聽得懂床母娘的叮嚀，又還不至於成熟到懂得提出懷疑和判斷。這個階段，可以說是「床母教育的黃金時代」。

曾寶貝現在就跨進這個聽得懂床母訓話、又還很保持著天真的快樂階段。珠珠蹲下身，為曾寶貝細心講解「過年」的意義，一邊說，還一邊忍著笑，沒想到老是讓老師們頭痛擔心的自己，有一天也可以變成一位耐性又好脾氣的老師。她捏捏曾寶貝的臉，告訴他，除夕是一年中非常重要的日子，人們不但要把經過一整年辛勞的家人團聚起來，還要除舊布新，打掃，清理，在家裡各個重要位置貼上不同字句的春聯，用歡愉喜慶的心情來迎接新的一年，更重要的是，全家上下同心協力地張羅「辭年」。

「辭年？什麼？」曾寶貝歪著頭，眼睛很迷惑，看起來完全聽不懂珠珠在說什麼？

珠珠又耐性地，重新強調一次，沒錯，就是「辭年」，也有人叫做「辭歲」！這可是凡界、仙界和神界的共同大事。在一年的最後一天，也就是「除夕」，人們準備各種豐盛的供品，祭拜玉皇上帝、三界神明、灶神、床母、地基主和祖先等，感謝這些天地神靈和祖先對家人一整年來的平安護佑，因為要拜的神太多了，像煙火一樣，從前一天小年夜的子時開始，人們就以「拜天公」做為除夕辭年的第一個信號！

「天公就是玉皇上帝啦！」珠珠拍了拍曾寶貝越來越歪、越來越不懂的頭，忍不住揉著他軟軟的髮，溫柔回顧起她自己的童年生活：「玉皇爺爺真的很厲害唷！他統領眾神，神格高貴，我們在天庭時，都不敢抬頭多看他一眼。拜天公時，人間的每一家、每一戶，都要打開大門，穿戴整齊，依照長幼順序上香，有些慎重考究的老人家，還要行三跪九叩禮呢！你也一樣，一定要有禮貌，玉皇爺爺才會多照顧你一點！」

【2】天公高錢

忽然，背後傳來「哼！」地一聲，珠珠回頭，原來是曾美麗的床母巧巧。這個床母，曾經帶過一個孩子十六年，加上中間晉級期間的調整與修煉，比珠珠多了些經驗，但是，和大部分的床母比起來，還是很生嫩，所以特別喜歡裝「老」。

「我們做床母的，就是要訓練孩子聰明、健康、能幹地長大，讓他們在床母照顧下，成為一個獨立有用的人。」像珠珠苦心教訓曾寶貝一樣，巧巧也用同一種教訓口氣對珠珠提出勸告：「你不教他有用的知識，光讓他巴結權貴，等著玉帝照顧，加上現代爸爸媽媽又那麼寵小孩，將來他怎麼可能會有出息呢？」

珠珠張口結舌，回不出話，她只是習慣對玉皇爺爺、對王母娘娘、對仙翁老人家有禮貌，沒想到這樣叫做「巴結權貴」。就在她呆呆盯著巧巧，還在想，要曾寶貝乖一點，這樣算不算「巴結權貴」時，曾寶貝忽然笑了聲，斜衝向供桌，眼盯著懸掛著的一大串漂亮的長條黃紙，手一伸，抓下一串，阿祖一看，急急高聲嚷起：「快來人哪！小寶貝把天公的高錢抓下來啦！」

阿祖一說話，像天界的玉皇上帝發令，整個家族的叔公、姑婆們，紛紛衝向前，抱起曾寶貝向天公拜拜道歉：「哎呀！不知者無罪，天公啊！一定要保佑小寶貝趕快長大，趕快變乖，趕快變懂事！」

珠珠嚇得好像變成一個傻傻的石像，刻意為玉皇準備的「高錢」，非常重要耶！這下子被扯了下來，該怎麼辦呢？每一年，準備拜天公時，人們懸掛著精工開展、拉長的暖黃色高錢，像一個和人等高的鮮黃燈籠，細細、長長的，延伸的長度，剛好延續出一種喜慶歡愉的心情，洋溢在天神地祇的祭祀氣氛裡，然後才在上香後，為玉皇燒去「頂極金」、「太極金」、「天金」、「盆金」這些幣值極大、別的神明不能配享的最高級金紙。

大人們都希望天公保佑曾寶貝變乖、變懂事。事實上，讓曾寶貝乖乖長大，這可不是偉大玉皇的工作，是她這個小床母的責任。怎麼可以粗心大意到讓孩子抓下還沒敬拜玉皇的高錢呢？快！趁大家還沒發現長長的高錢已經斷裂，她揮出如意桃木劍，法力全開，準備接補高錢的斷痕，沒想到，力勁用得太強，黏合的法力透過長串紙錢，眼看就要把整串細緻的切工都黏成一長條沒有花色的金紙了！忽然，眼一花，高錢彈了兩下，總算恢復成完好的原貌。

好險，差點又出紕漏了！珠珠拍了拍胸膛，放下心來，南極仙翁說過，這如意桃木劍讓七星娘媽設定過分段功能，一定是分段開關，剛好切斷了法力通路。珠珠太緊張了，完全沒有注意到，在她身後的巧巧，剛剛收起了如意桃木劍，她當然也不知道，事實上是巧巧抓準時間，緊接在珠珠施法後替她補救。

巧巧可不喜歡跟在珠珠身後，替她收拾爛攤子。可是，她知道，如果讓人們看到切成長條形的高錢一下子斷掉又接合，一下子黏合又切開，會以為在大過年裡見到鬼，搞得人心不安，那可真糟糕呢！

早在巧巧接任「曾美麗的床母」這個工作以前，就有很多人提醒她，曾美麗的哥哥有一個很會製造麻煩的床母。從接手照顧曾美麗這五個多月以來，巧巧常覺得，珠珠帶給她不少麻煩，她有點擔心，自己是不是在照顧曾美麗同時，還要照顧曾寶貝和他的床母娘。

會不會變成珠珠的「管家婆」呢？她真想向王母娘娘問清楚。

巧巧耐心地等著人們撤下拜天公的供禮，接下來，換上長年飯和插著一對「春花」的發粿，表現出「年年有餘、吉祥發財」的心意來敬拜諸神，還有三束好長好長的麵線，用來祝賀長壽神仙，也希望人們可以像神仙一樣，活得長長久久。

當人們為神明燒著各種不同的壽金、刈金、土地公金時，巧巧立刻飛騰在金爐上，沿著氤氳煙氣，通往神靈界。

辭年期間，各種各樣的金香煙氣，攪醒神靈界的沉靜。

好多不同層級、不同職司，平常很少見面的神靈仙佛，都趁這個時候，相互寒暄、關切，分享各自不同的遭遇，打破幾千幾萬年來永遠不變的神仙秩序，他們才能發現，世界好大好大，每一個神靈仙佛，都有好多不同的見識和經歷。

巧巧在諸神眾仙間穿梭著，著急地東張西望，忽然，眼睛一暗，被一件柔軟的雲大衣捲了起來，不知道轉了幾圈後，輕輕落地，雲大衣化成晶瑩細絲，如一場逆天飛行的煙雨，向天空飛去。巧巧張開眼睛，煙雨盡頭，有千百朵鮮花群聚在一起，舒張開合，細細的花瓣間，她看見王母娘娘淺淺一笑，好聽的聲音輕輕問：「你有什麼事情想找我？」

「怎麼可能？這世界上有幾千幾萬個床母，娘娘怎麼會知道我想找你呢？」巧巧驚愕地張大嘴巴。王母娘娘笑眯起眼睛，微笑的眼尾尖端，有細細的煙氣薰著花香，讓人浮動的心情、不滿的憤怒，一點一滴，靜靜安定下來。她淡淡說：「我是你們的監護人啊！來，跟我一起飛上來！」

巧巧隨著王母娘娘，飛騰在連夜的鞭炮、金香中，幾天幾夜都不打烊的神仙聯誼，在煙氣中，所有的聲音和顏色都被氳染得柔柔的，只覺得特別溫暖而熱鬧。王母娘娘指點著巧巧往人間看，體力撐不住的人們，在拜完天公、神明後先後睡下，還沒等到天亮，又急著張羅著各種豐盛菜餚來祭拜祖先，燒「壽金」、「刈金」和「銀紙」，讓祖先們一整年都夠花用；還要準備年糕和「五味碗」，有的在門口或後門向屋內拜地基主，加燒「刈金」和「銀紙」；有的就放在門口向外拜好兄弟，燒給他們「經衣」

和「銀紙」。

「為了除舊布新，並且也趁著這個時候，向天地間的神靈仙佛打個招呼，人們在除夕這一整天，幾乎都在拜拜，忙個不停，因為神明太多了，趁著過年，人們都把所有的神放在一起拜。」王母娘娘從空中落下，停在一片盛開著金針花的草原上，溫柔地摘下一朵鮮嫩的金針花，別在巧巧頭上：「可是，巧巧啊！你要記得，家裡有小孩的人們，會在床頭或床上，特別為床母設置一個獨立的小供桌，獻上春飯和麻油雞酒，燒很多漂亮的床母衣和刈金，讓床母們打扮得更漂亮。你知道嗎？只有床母才能享用唷！」

巧巧的眼睛好亮好亮，輕輕地飛旋在金針花盛開的草原上，一邊飛，一邊向王母娘娘揮手說再見：「我知道啦！大部分神明都覺得我們這些小床母層級太低，法力也讓他們看不上，可是，有孩子的地方就需要我們！這些爸爸媽媽對我們最好，給我們自己的房間、自己的供桌，相信我們會一直為他們守護孩子、守護幸福。我要回到人間，照顧更多的人，就算，就算是那個迷糊的小珠珠，我也會一起照顧！」

王母娘娘微微一笑，不只是小珠珠需要長大，這個聰明機靈的巧巧，也還有很多功課要做呢！

就在鞭炮聲遠遠近近地響，滿屋子薰著香的混亂中，巧巧落在曾美麗身邊。這個才五個月大的孩子，已經被煙氣薰得不斷流著眼淚，不是大哭，就是嚶嚶噥噥鬧著。

巧巧騰上煙火、鞭炮都飛不到的高空，抽出冰冷潔淨的空氣，做了兩個輕軟透明的「舒心罩」，分別讓曾美麗和她哥哥戴上後，再根據他們的臉型做了些微調，然後，舒心罩就自然地貼合在兩個孩子臉上，隔離鞭炮硝火和拜拜燒金紙的煙氣，並且提供乾淨清新的空氣。

珠珠抱著曾寶貝，滿心感激地向巧巧點著頭：「好厲害啊！謝啦！曾寶貝雖然看不見你，也知道有一個好心的床母在照顧他，你看，他現在舒服多了，也在謝謝你呢！」

「你根本不應該讓他知道我的存在！」巧巧搖搖頭說：「床母學校不是規定了嗎？不能讓孩子們知道其他床母的存在，而且在他們學會說話之後，慢慢看不見我們，就是希望他們，脫離對床母的依賴，學會堅強、獨立。」

【4】時間方陣

巧巧忽然記起，她答應王母娘娘，一起照顧這個迷糊的小珠珠。

根據她的理解，真正有效的照顧，就是協助一個人認真長大。她深吸了一口氣，拈起手指，垂眼，定心，指尖慢慢透出細細的煙氣，把奔竄在遠遠近近的鞭炮屑和煙火，一段、一段凝固，鞭炮的火光，層層加上煙火的豔色，再層層敷上瀰漫在屋子裡的金紙煙香，慢慢地，四壁搭築出七色方陣，然後，向珠珠使了個眼色；「你啊！真應該看看別人怎麼當床母，學一些有效的床母祕訣。」

珠珠不自覺被急遽旋轉著的迴旋力，捲進巧巧搭築出來的七色方陣，一直捲到最深處，然後，淡淡的方陣越來越鮮豔，越來越繁華，也越來越堅實。彷彿就在一瞬，身不由己地跌進一條充滿光色的旋轉漩渦，不斷旋著，不斷轉著……，直到好多調皮的笑聲傳來，好像有好多人，比曾寶貝家裡的四十六個人加起來，還要更吵鬧。

珠珠定神一看，耶？自己怎麼會在神靈界了呢？糟糕，她一急，不辨方向地隨意一衝，急著回去看顧曾寶貝。巧巧忙拉住她：「你別急！我剛布下時間方陣，孩子們戴上舒心罩，正玩得高興，等我們參加完床母聯誼會，再循著時間方陣回去，就可以回到剛剛離開的那個時間點，對於兩個孩子來說，我們其實並沒有離開。」

珠珠傻傻地盯住巧巧，答不上話，一時還想不清楚這是什麼法術？

「耶？你修煉好時間方陣啦！很厲害嘛！我當了二十幾年床母後才修煉成功呢！」姊姊第一個發現珠珠，開心地飛過來擁抱她：「珠珠啊！真的長大了呢！剛聽說仙翁把擁有無上法力的如意屏借你，一定是藉由如意屏，你才加速修煉到新的層級，對不對？」

「新的層級？」珠珠完全回答不出來，怕姊姊繼續追問，忽然笑瞇著眼睛轉開話題問：「姊姊，田蜜蜜現在怎麼啦？」

「田蜜蜜滿十六歲了！七夕那天，我就把監護神的工作，交給魁星爺爺啦！這陣子是我的晉級修煉期，我必須檢查自己有什麼疏忽的地方，重新補強，再等著接受指派下一個床母任務。」姊姊還是不死心，重新又問：「你是不是透過如意屏修煉時間方陣的？」

「不是，是我帶她過來的。」巧巧走近，向姊姊微微一笑：「她可能還不太知道如意屏的妙用。我現在負責照顧曾寶貝的妹妹曾美麗，跟她一起生活五個多月了，她一次都沒有用過。」

「什麼？」姊姊張大眼睛，回身瞪了珠珠一眼，一轉身又恢復和善，禮貌地自我介紹：「你好，珠珠一定有很多地方都要麻煩你吧？謝謝你，我是她姊姊，珍珍。」

聽到有人提起如意屏，陸陸續續，不斷有不同年紀的床母好奇地靠過來。珍珍怕大家搶著要看如意屏，多生事，手一揮，珠珠忽然縮小，小到變成一顆小小的珠子，珍珍隨手一收，放進口袋裡，然後懶洋洋地回過身來笑著說：「哎呀！我妹妹家來了個新床母，聽她說起，仙翁真的把如意屏快遞給珠珠啦！」

幾個床母驚呼一聲，轉向巧巧打聽，如意屏究竟如何神奇？巧巧一邊向珍珍眨了下眼睛，轉頭回答大家：「珠珠可能還不太會用如意屏。跟她生活這五個多月來，她一次都沒有用過。」

大家忍不住可惜起來：「哎呀！」、「如果有如意屏幫助，一下子就可以修煉出千年功力呢！」、「真是不得了啊！」、「珠珠還是那麼笨。」、「可惜了仙翁的心意，如意屏很快會被收回去吧？」……

就在床母們一聲一句的惋惜和討論中，珍珍走離人群，小聲地對懷裡那顆珠子加強「精神訓話」：「你還是這麼不上進，仙翁白疼你了！我看，現在誰都對如意屏好奇。擁有如意屏，是福、是禍，還很難說，不知道會惹出什麼事端來？這種神奇寶貝，要是用不上，就早點還給仙翁！」

珍珍雖然囉唆，其實很疼妹妹。她一邊嘮叨，一邊還是認真囑咐這個少根筋的新手床母：「你先不要出面，待在我的口袋裡，聽聽大家的經歷和修煉。這個聯誼會，多半是發明一些新法寶或晉級新境界的床母們，回來和大家分享經驗。一方面顯顯威風，一方面也當做床母們的在職修煉，注意大家互相交換的法寶，都是仙奇路上床母法寶店找不到的特殊精品，每一件都花了好多修煉的苦心，機會很難得。你啊！要認真一點，不要再讓大家嘲笑了。」

珠珠被塞在姊姊的口袋裡，只覺得回神靈界聯誼的床母們都好快樂。她奮力地滾呀滾，恨不得立刻跳出去和大家打聲招呼，就在她掙得全身是汗，汗水溼透珠子滲進姊姊衣服時，狠心的姊姊手一捏，使出「定身訣」，珠珠一下子動都不能動，只好專心地，或者說是不得已地聽著不同的聲音，傳述著各自不同的床母故事。

床母娘的祝福

【1】床母法寶

珠珠拚命掙著身體，想要偷看一下，這麼多床母娘在離開學校以後，都變成什麼樣子？可惜，她被姊姊的「定身訣」困在口袋裡，只聽到一些生嫩的聲音搶著說，自從上一次她們在床母聯誼會交換了法寶「長聲電」，愛唱歌的孩子變多了，他們還等不及長大，就急著去參加「星光大道」歌唱比賽，一拿到麥克風，孩子們就變得好快樂！

「什麼是長聲電？」第一次新加入的床母們爭相問。其他床母就推舉出一個低沉的聲音說，很久以前，人間有個偶像團體，叫做「F4」，四個大男孩都很會唱歌；還有一組愛跳舞的「喵咪熊」姊妹，活力無窮。後來，「F4」有點老化了，長大了的孩子又覺得「喵咪熊」很幼稚，有個天才明星經紀人，就找出四個不同風格的大男孩，請來超級漫畫王用「台灣黑熊」做模特兒，設計出四隻身形、姿態、個性各有特色的熊偶，搭配四個大男孩的造型編故事，做成電腦動畫，一小段、一小段，透過網路流傳，然後出版漫畫集，發行便利超商的蒐集小磁鐵，最後，真人曝光，四個男孩和四隻玩具熊，組成全新的偶像團體「A8」，一起推出音樂專輯，附贈電腦動畫完整版影音檔。

這個床母甜蜜又得意地說，她照顧的那個孩子啊，從吃奶瓶時代就盯著出現在電視螢光幕上的「A8」，特別喜歡唱歌、跳舞，整天跟著電視蹦蹦扭扭，為了協助這個孩子，把「快樂唱歌」當做一種嶄新的「啟示教育」，她捐出自己青春的嗓音，加入複雜的仙術，煉製出一種可以拉長聲帶，讓聲音變溫潤、變深情的法寶，叫做「長聲電」，讓她守護著的這個孩子在十六歲生日前，如願通過新增團員甄選，從此「A8」的團名就改成「A9」。

那一年，好多床母掏出各種新奇法寶和她交換剛出爐的「長聲電」，唱歌，成為流行一時的「床母教育法」。那麼多「長聲電」流通到人間，珠珠這下就明白了，為什麼曾寶貝一打開電視，就會看見各種各樣的偶像團體，有水果組合「西瓜兄弟」啦，「水蜜桃三姊妹」；也有數字成員，像「0902」、「1314」，還有英文的呢！像「R2」、「BB派對」、「JOJO五朵花」……，真的好多唷！

珠珠才想著修煉出「長聲電」的床母好厲害時，就聽到好多驚嘆聲：「好漂亮啊！」、「怎麼做的？」、「這扇子，是真的還是假的？」……

天界裡漂亮的東西好多，怎麼還會有一種東西，漂亮到讓大家驚嘆成這個地步呢？珠珠拚命掙扎，還是動都不動，她好氣姊姊，被丟進這個黑暗的口袋裡，什麼都看不到。只聽到一個疲倦的聲音為大家解釋，現代人都很功利，有一些爸爸媽媽經過太多次整型，完全忘記自己原來長得什麼樣子，孩子一生下來就嚇一跳：「這孩子怎麼這麼醜？完全沒有像到我！」

他們常把孩子丟給保姆，不願意在大型聚會時讓自己的孩子曝光。有一個孩子高興地撲進爸爸懷裡，爸爸嫌這孩子長得醜，身體一扭，閃了過去，孩子撞到爸爸身後的電視櫃，生生掉了三顆牙。醜醜的臉，因為沒有牙齒，顯得更可怕了，只剩下床母心疼這孩子，還有一輩子辛苦的路要走呢！

幸好，這床母以前待在王母娘娘身邊，跟著淬鍊過好一陣子的花精油。她花了很長的時間，在人間萃取一百種不同的鮮花菁華，熬成紙漿，再捨棄自己的桃花法力，融進如意桃木劍裡的桃花精髓，最後，送到玉山峰頂，接受最乾淨的風和最新鮮的陽光烘烤，做成「桃花扇」，日以繼夜、夜以繼日地搧著這個孩子，慢慢地，像烘焙茶葉一樣，到了十六歲，終於把這孩子烘酥了、焙香了，誰都很容易感覺到他那充滿光澤和香氣的內涵，從小到大，越來越討人喜歡，越來就越能交上更多真正的好朋友。

被喜歡，擁有很多朋友，不就是每一個孩子最需要的禮物嗎？這樣的「桃花扇」，當然很受床母歡迎。只可惜，桃花扇只有一把，不能用來交換，床母們只能向她請教釋放桃花精髓的訣竅。說起來，訣竅很簡單，就是先做好心理準備，以後會經常感到疲倦，容顏也會比永遠不會老的仙女們，看起來顯得衰老一點，一旦想清楚了，扇子裡的桃花精髓就融得更溫潤、更精緻了。

「你真的好偉大唷！」有小床母這麼一提，連變成珠子的珠珠，也忍不住想伸伸舌頭，床母們在為孩子們修煉法術或法寶時，原來需要做這麼多交換和犧牲，這些床母怎麼都這麼偉大呢？這時，有另一個聲音說：「這世界上雖然有一些不負責任的大人，可是，還有更多全力以赴的爸爸媽媽。床母再怎麼偉大，也比不上那些經過沉重懷胎、生產劇痛，才把孩子們生下來的媽媽們。」

有一個床母說，她照護的孩子在六歲時高燒後傷了腦子，孩子的母親長年照顧這個脆弱的孩子，家人、朋友都疏離了，只覺得一天拖過一天，母子都失去希望。最後，床母捨不得他們受苦，向主掌醫藥的炎帝求救，懇求學習「母擔停」幻術。在母親沉睡時，引領她帶著已然重新健康的孩子，在夢中經歷凡人的生老病死，並且在孝順的孩子照護她安養天年同時，帶走孩子的生命，讓母親的負擔從此停下，重新去追求她的人生。

「然後呢？」珠珠聽到有人問。隔了一會，這床母才嘆了一口氣接著說：「沒想到，母親醒來後，發現孩子走了，痛澈心扉地哭泣、流淚。沒了孩子，其實她也不想活了，她的人生就是這個孩子，孩子就是她的全世界。」

【2】時間巨流

曾寶貝也是我的全世界！珠珠忽然覺得，有股強烈的深情湧起，像電流一樣，全身一震，竟鬆開姊姊的「定身訣」。珠子一滾動，珍珍立刻警覺，她飛向巧巧，把珠子塞進巧巧口袋後，手一推，延伸的力勁把巧巧送回她們來時布下的時間方陣，並且殷切交代：「你第一次施設時間方陣，不要待太久，早點回去吧！明年再回來。」

巧巧在毫無心理準備下陷入時間方陣的劇烈漩渦，身體一震，也沒注意到，珍珍放進她口袋裡的珠子，已經掉了出來。她一個人回到曾美麗身邊，這孩子剛戴上舒心罩，難得地對大家笑，整個大家庭的長輩們因為曾美麗笑了，變得非常興奮，巧巧蹲下身，貼上孩子的臉，覺得世界美好，她好喜歡曾美麗，好喜歡床母這個工作。

真心要守護大家幸福的巧巧，一點也沒有察覺到，珠珠遺落在時間方陣裡，滾呀滾地，隨著時間拉長，珍珍的法力失效，珠珠逐漸滾出原形。不過，也因為時間拖得太長了，來自四面八方的時間巨流，越匯近就越顯得洶湧，所有的時間波浪，以驚人的力量切入時間方陣，原本整齊的渦形開始扭曲，珠珠陷在失控的時間方陣裡。

時間破碎了，世界的過去和未來，像果汁機一樣攪拌在一起，所有的顏色和畫面也跟著瞬間閃過。恍兮惚兮，她看到有人吵架，吵架的聲勢像大雨暴至，她不自覺模仿起曾寶貝怕吵時矇起整個耳朵、整個頭臉的樣子，可是吵架聲竟放大成打架和殺戮的交戰，巨人撞天，世界坍下一半，滔天的洪水，從天上的破洞激烈洩下，珠珠整個人都被淹沒，在洪水裡浮沉。

從水的漩渦延伸出去，綿延如螞蟻巢穴般的石頭山，大大小小，她看到美麗的女神憂蹙著眉蹲在石頭邊，心裡忍不住急了起來，洪水傾天倒下，天都快掉下來了，她怎麼還不逃呢？就在珠珠很快被洪水沖遠以前，她看到好多精緻五彩的石頭，想起久遠以前「女媧補天」的英雄傳說，她驚奇地嚷著：「原來是你，謝謝你！」

女神並沒有聽到，仍然專心致志地照顧著像山一樣高的一整座熊熊大火。日以繼夜，夜以繼日，把一堆又一堆不同大小、不同形狀的石頭，鍛燒成一模一樣大小、五彩柔軟的石頭，方便她用來修補天幕上巨人撞破的這個大洞。

珠珠只覺得烈焰逼近，洪水當頭淋下，她不是冷，也不覺得溼，更沒有火焰燎身的恐怖，就是翻騰，有點像平常曾寶貝發燒又暈車的樣子，很不舒服，又說不出確定的理由，不管整個人到底幾個魂、幾個魄，全都皺皺地、細細地、長長地被扯得片片碎碎的。

四周演現的世界，越來越模糊。她看到金髮藍眼睛的白精靈，和全身漆黑的黑精靈，不顧生死地交纏血戰，精靈和精靈之間飛騰、重疊、你滲進我的影子，我滲進你的……；她看到人類飛在空中的交通工具，和神仙的悠閒飛翔，擠在一起；她看到大爆炸後，世界只剩下黝黯的冰河；她看到修煉期間的床母，用「桃花扇」絞碎「長聲雷」，通過「母擔停」幻術煉製出五色筆，寫了一齣又一齣揉合「長聲電」的深情、「桃花扇」的迷人和「母擔停」甜蜜悽苦的戲，有的叫《桃花扇》，有的改了字叫《長生殿》，還有一些穿上時髦的新衣服，就叫做《青春版牡丹亭》……。

時間錯亂著，有時候舊，有時候新，有時候陳舊而古老。

迅速跳接的時空現場，像故障的電視螢幕，切換不停，珠珠越來越疲倦，越來越乏力，隨著旋轉力量空轉著的身體，慢慢拉長，慢慢鬆脫，好像有千萬條不同的引力拉扯著自己，神思破碎，身體的每一顆細胞分子慢慢鬆脫。如意桃木劍從蓬散的髮隙脫落，珠珠費力一抓，卻覺得肢骨俱散，施不上力；裹住床母衣的「芥子須彌腰巾」慢慢鬆開，收納在腰巾裡的各種法寶，一樣又一樣浮游在扭曲的漩渦裡迅速被浪濤淹沒。

腰巾，我的腰巾……，珠珠啞著聲音嚷叫，盼著誰來回應她而又不能。

【3】黑金暴雨

當年南極仙翁告訴過她，天上的歲月一過就是幾千年、幾千年，神仙們都過得很無聊。

好不容易有任何聚會，脾氣暴躁一點的，就藉機會吵架、打架；喜歡惡作劇的，就想一些花樣來玩遊戲，「芥子須彌腰巾」就是在王母娘娘舉辦蟠桃宴會時，仙人們鬥法的「作品」。

那時，有一個大力士神仙，從尼泊爾把喜馬拉雅山搬進王母娘娘美麗的蟠桃花園，有一個喜歡編織的溫柔仙女，覺得這樣對主人很沒禮貌，手邊一時又沒有編織材料，就從花園裡撿了些小芥子滴出油來做為黏劑，拾起王母娘娘花園裡三千三百三十三片不同的花瓣，織黏出一條鮮色漂亮的腰巾，輕輕一捲，就把喜馬拉雅山送回去。

想起這條腰巾、想起南極仙翁，珠珠在突然摔跌進時間巨流擠壓出來的不舒服中，第一次浮起笑意，並且升起一些勇氣。記得，床母學校畢業後，終於有資格穿上床母衣，南極仙翁為她繫上這條「芥子須彌腰巾」時告訴她：「這條腰巾，是善良的仙女在緊急中用最高法力做出來的，連喜馬拉雅山都裝得進去唷！所以啊，你那什麼亂七八糟的東西，都可以塞進腰巾裡。」

「我哪有什麼亂七八糟的東西？我的東西都是寶貝耶！」珠珠白了南極仙翁一眼，忽然又奇怪地問：「這腰巾是芥子油黏花瓣做出來的，為什麼不叫做芥子花腰巾，叫什麼芥子須彌腰巾，好難聽噢！」

「什麼難聽，沒禮貌！」南極仙翁重重打了珠珠屁股，神情莊嚴地介紹：「這是大家表示對仙女的尊敬，讚美她居然有能力把大大的喜馬拉雅山裝進小小的芥子裡。」

「怎麼可能呢？它又不是叫芥子喜馬拉雅腰巾？」珠珠大嚷著。南極仙翁「噓！」地一聲制止她，然後漲紅著臉，壓低聲音，有點不好意思地說：「那是好幾萬年以前的事情了，那時候，大家的外國語文都沒有認真修好，一下子沒念準，其實，須彌山就是喜馬拉雅山，反正都是翻譯嘛！不覺得它們聽起來很像嗎？」

外國語文！這四個字一浮起來，珠珠跟著振奮，想到外國，想到奧林帕斯星球，想到曾經和她在如意屏裡交談過的維納斯。很少利用如意屏法力的珠珠，開始在心裡呼喊：「如意屏啊，如意屏，帶我回去，回到曾寶貝身邊。」

很快，她看到南極仙翁快遞給她的如意屏，一閃，從眼前滑過，有一股從她心裡暖起來的力量，讓她記起仙翁說的：「曾寶貝就是你的使命！床母娘只有待在使命身邊，才可以深刻地成長成熟！」

曾寶貝！腦子裡單薄的意識，忽然渲染出一點點鮮豔的顏色。珠珠想起曾寶貝那張可愛的臉，曾寶貝！我必須，回去，回去守護曾寶貝！珠珠開始凝聚全身最後的力氣，用虛弱、但是卻異常堅定的聲音呼喊：「回去，如意屏帶我回去，我要回去找曾寶貝！」

珠珠手一伸，強烈的床母使命，呼喚著如意桃木劍，七星娘媽刻意為珠珠注入的「瞬間移位能」，很快把如意桃木劍從扭曲的時間漩渦送回珠珠手上。

如意桃木劍上刻著「曾寶貝」三個字，這是她的使命，珠珠一使勁，抓得緊緊的、緊緊的。握緊如意桃木劍後，墨晶般的如意屏忽然停下，緩緩飄向珠珠。螢幕開始閃動。閃著，閃著，慢慢發出金光，光點閃動的速度越來越慢，最後凝固成無數條金線，看起來很柔軟，透過扭曲漩渦牽扯出來的狂暴拉力，卻奇異地靜止下來。

黑玉屏幕上，漸漸亮起曾寶貝的影像，越來越清楚，越來越耀目，就在最絢爛的瞬間，如意屏爆炸開來。漂亮的黑玉碎成細粉般的光點，墨色中閃著油金亮光。珠珠張不開眼睛，只覺得光焰四照，有一種比漩渦扭曲時更強大的旋轉能量，籠罩四面八方，像一場瘋狂的黑金暴雨。

萃集在如意屏裡的無上法力，正以一種神仙都承受不了的強大能量，和宇宙間已然扭曲的時間巨流相抗。時間巨流像無邊涯的裁紙機一樣，無意識地切割、碾碎掉它所觸及的一切；如意屏幻化出來的黑金暴雨，卻得在茫茫的宇宙荒漠中，循著印記在珠珠腦海裡的曾寶貝影像，在最倉促的時間裡，替珠珠找出回家的方向。

【4】守護幸福

珠珠夾纏在兩股神祕而巨大的力量中，即使如意屏用溫暖而綿密的黑金雨包裹著她，竭力在巨流肆虐掀起的狂暴裁切中隔離出一個安全的小空間，她還是頭痛欲裂。千萬根殘忍的時間錐刺，四面八方觸擊，呼喊不出的痛楚，一點一滴磨著、攪著，彷彿心魂就要絞碎，猛然，「砰！」地一聲巨響，珠珠昏死過去。

大爆炸不知道過去多久。

珠珠終於站定在扎實的土地上，睜開眼睛。只看到巧巧驚奇地迎了上來：「嘿，你回來啦！珍珍送你回來的？沒聽說過有任何一個床母，能夠送人通過別人布下來的時間方陣耶！她的修煉，實在太厲害啦！」

「不知道什麼時候，我才追得上這些床母？」巧巧自我要求高，根本不需要珠珠回應，光是自顧自檢討著，忽然又一拍珠珠的頭：「珠珠啊！你一定要改掉貪玩的個性，瞧，大家都這麼認真，你卻玩得忘記回來。圍爐年夜飯沒啦！連發壓歲錢的時間你都錯過了！不要忘記，床母娘的任務，是為我們的孩子守護幸福耶！我被珍珍送回來以後，你又到哪裡去啦？」

珠珠一時回不了神，意識空蕩蕩的，完全聽不懂巧巧在說什麼。一回頭，看到曾寶貝開心地抓著滿滿的四十幾個紅包，向珠珠招了招手，急著從紅包裡抽出錢來，隨手遞給身邊的大人，光是興奮地收集著紅包袋子。每一個大人在他身邊反覆說：「恭喜發財，紅包拿來！」、「恭喜發財，紅包拿來！」曾寶貝跟著一整個晚上不停說著：「恭喜發財，紅包拿來！」

實歲兩歲又四個月的曾寶貝，經歷著生命中永遠不能複製的第一次「發財」。和傻傻的去年比起來，第一次拿著這麼多「紅包」的曾寶貝，顯得特別快樂，快樂到無論任何一個大人故意逗他：「曾寶貝，你幾歲？」他都不厭其煩地揚起自己的紅包袋子，一遍又一遍重複：「我三歲。」

曾寶貝三歲了！珠珠終於恢復意識。

好高興，她又回到三歲的曾寶貝身邊。看著曾寶貝手上的四十幾個紅包，看著這麼多、這麼多圍繞在曾寶貝身邊的每一個大人，他們和她一樣，只有一個心願，守護這個孩子，讓他平安長大。

曾寶貝的床母娘，也不會輸給大家唷！

珠珠笑了起來，她還有長長的十三年可以繼續努力呢！低下頭，看看肩上、領上、衣上的黑金碎屑，這時候才想起，金鉤快遞阿吉替南極仙翁送如意屏來時，她曾經簽下契約書，約定九千九百九十九年後得把如意屏還給南極仙翁。現在怎麼辦呢？那些床母們羨慕得不得了的如意屏，她不太會使用也就算了，現在，居然還把珍貴的如意屏碾碎了，她不知道以後該如何向仙翁解釋？

不只如意屏呢！珠珠開始清楚地意識到，「芥子須彌腰巾」掉了，連她自己也差一點掉在時間巨流裡。在那個恐怖扭曲的擠壓中，她第一次感受到，世界艱難，在不同的時間空間交錯中，生命有這麼多難題、痛苦，以及不得不努力的堅持和對抗。更重要的，當她在時間擠壓扭曲的痛楚中，真實感受到對曾寶貝的牽掛眷戀帶給她多大的力量時，她就知道，自己和以前不一樣了。

看起來，這一次出的紕漏真的很嚴重，除了桃木劍之外，腰巾裡的全部法寶都沒啦！

可是，說也奇怪，她再也不會像從前一樣沮喪、害怕，更不會喪氣地說自己完蛋啦！然後就慌慌張張地希望床母學校為曾寶貝指派另一個新床母來。她開始知道，世界上有這麼多的床母，拚命在守護孩子們的幸福；確定每一個床母，都願意犧牲自己，修煉出為孩子們打造的法寶和仙術；她也相信，自己雖然不是最厲害的床母，雖然再沒有別的法寶了，可是，她有很多很多的愛。

因為這些愛，讓她牢牢地、牢牢地握住如意桃木劍，穿過時間扭曲，穿過破碎擠壓，回到曾寶貝身邊，完成她慎重許下的守護心願。

【5】全部的愛

珠珠非常驕傲，只要有曾寶貝的地方，總是有這麼多快樂和笑聲。

一回到阿祖家就喜歡黏在阿嬤身邊的曾寶貝，常常吵著說自己想要去上學。阿嬤忙著準備所有過年的雜事，卻還找得出時間教他，上學要有禮貌，一定要認真和大家打招呼，才可以交到很多朋友。於是，他就用嫩嫩的聲音，輕輕的優雅，彎腰施禮的謙卑，以及完全模仿自阿嬤的台灣國語腔調，一遍一遍表演：「老酥好，同鞋好，偶是曾寶貝，偶想和你奏朋友，請都都指教，謝謝！」每講完一遍，大家就餵他吃一片魚乾；講一次，大家大笑，他就吃一片魚乾；講一次，大笑，吃魚乾；講一次，大笑，吃魚乾……。

「好像海洋生物博物館最熱門的海豚表演！」曾爸爸洋洋得意表示。巧巧皺起眉，不斷向珠珠抱怨：「這些大人不知道，小孩子也有人權嗎？他們又不是玩具！」

她最受不了這種怪異的「玩小孩」過程，而且她憂蹙著眉責問珠珠：「你怎麼不糾正這孩子的發音？明明是老師好，同學好，我是曾寶貝，我想和你做朋友，請多多指教，這很難嗎？」

珠珠總是笑。說真的，她挺喜歡看曾寶貝的各種「雜耍表演」，總覺得有一種說不出來的樂趣，讓人整顆心跟著酥酥暖暖的，好快樂。

和能幹的巧巧對照，她知道，巧巧會把曾美麗照顧得又聰明、又乖巧，可是，她想要給曾寶貝比聰明、乖巧更重要的祝福，她想要曾寶貝過得比曾美麗更快樂、更無拘無束。至於什麼樣的訓練和發展，會比聰明、乖巧更重要呢？珠珠抓了抓頭髮，說真的，她一下子還沒想到。

她只想要熱情地抱曾寶貝、親曾寶貝，永遠燦爛地對他笑。

當曾寶貝剛喝完一杯牛奶，熱呼呼又飽嘟嘟地上樓睡覺，卻發現曾美麗也抱著奶瓶在喝奶時，立刻吵著說：「我也要喝ㄋㄟㄋㄟ！」大人們都覺得他剛吃飽，怎麼可能還需要一瓶ㄋㄟㄋㄟ呢？他就在大人的忽略中天昏地暗地哭起來，珠珠會專心致志地透過如意桃木劍施法，讓大人們很快心軟，曾寶貝就可以順利得到一瓶ㄋㄟㄋㄟ，珠珠最喜歡看他抱著奶瓶，用力吸完，然後露出輕鬆的笑臉，心滿意足地睡熟了。

「孩子需要教育，不是縱容。」巧巧總是冷冷地提醒她「床母守則」。珠珠卻一貫熱情地回應：「我們要給孩子全部的愛，而不是壓抑。」

「曾寶貝怎麼可能會壓抑呢？」巧巧不能置信地挑高眉，手指出去，珠珠跟著一看，曾寶貝勉力把自己塞進妹妹小小的嬰兒車裡，塞著奶嘴，把嘴嘟得小小翹翹的，像一個小洋娃娃。說真的，她帶了曾寶貝兩年多，一直知道曾寶貝不喜歡被當成「小 Baby」，從來不講「狗狗」、「鴨鴨」這些嬰兒疊字，不喜歡吸奶嘴，不喜歡坐嬰兒車。現在，因為奶嘴和嬰兒車變成曾美麗的基本配件，開始出現「新鮮的吸引力」。他總是在妹妹來不及使用之前爬進嬰兒車，吸著奶嘴，並且吵著說要喝ㄋㄟㄋㄟ。

「不是才剛剛喝完一瓶奶嗎？」大人們圍在嬰兒車四周，驚奇地議論著曾寶貝特殊怪異的行為，曾寶貝把臉別過去，刻意不去看大人們嘲笑他的眼神和嘴角。珠珠憋著、憋著，終於忍不住大笑起來：「這孩子在需索愛的樣子，怎麼會這麼可愛呢？」

「這不叫做可愛，正式的說法是幼稚、退化！他正在和妹妹爭寵。」巧巧板起臉，嚴正聲明：「做哥哥，就要有做哥哥的樣子。你要把他教好，

否則，這樣爭寵下去，會帶給妹妹不良的示範和影響。」

珠珠忽然轉身，抱起巧巧精心規範、教養的曾美麗，用鼻子湊近她小小的臉頰，用臉頰按摩她熱熱的胳肢窩，用牙齒輕咬她胖胖的腿，一邊漫無邊界地對著她胡亂地嚷：「妹妹，做妹妹就是你這個可愛的樣子嗎？我要給你全部的愛，就是要很愛很愛你，很愛很愛你，很愛很愛你……」

「噯，快放她下來！這樣會寵壞小孩子。」巧巧一本正經地皺起眉。珠珠放下曾美麗，忽然，又彎身逗起硬把自己塞進嬰兒車熟睡著的曾寶貝：「我啊，真的愛你，很愛很愛你，很愛很愛，很愛很愛……」

曾寶貝好像沒聽到，翻了個身，熟熟睡去。只聽到大年夜的鞭炮聲，遠遠近近，響個不停。

【6】新年快樂

大年初一早上，曾寶貝起床後，發現屋子裡人來人往，每個人都喜氣洋洋地把「新年快樂」、「恭喜發財」掛在嘴上。

每聽到「恭喜發財」，曾寶貝總是自然地複製除夕夜的經驗，接上一句「紅包拿來」後，張大眼睛，靜靜地等著紅包。雖然大人一遍一遍向他說明：「紅包昨天晚上已經給你了呀！」他完全不能接受他剛剛背熟的「表演辭」，怎麼可以無緣無故變成「新年快樂，恭喜發財」？還是一遍一遍強調「紅包拿來」，好像就是堅持「恭喜發財」之後，一定要「紅包拿來」！

看著這孩子根本沒辦法「講理」的樣子，珠珠的笑意跳出眼角，沒注意，猛被巧巧敲了下頭，吃驚地回過身，剛好迎上巧巧冷冰冰的眼光：「你還笑？這孩子從小就被慣壞了，沒聽過『三歲看大、五歲看老』嗎？從現在開始，你得加強曾寶貝的教養和規範。」

「請注意，教養和規範！」巧巧忍不住又強調一次。珠珠看到五個月大的曾美麗，乖巧地躺在嬰兒車裡做手部伸展運動，根據巧巧的說法，這樣有助於刺激這孩子的腦波發展，方便她在長大以後的任何競賽中，輕鬆地贏在起跑點上。擁有像巧巧這樣認真的「床母教練」，曾美麗應該很幸福吧？珠珠很容易就可以想像出這孩子長大的樣子，聰明、乖巧，每次都會考第一名，等她結婚、生子以後，還會用巧巧的一整套「完美的標準」，教養她新生的孩子，繼續考第一名。

可是，就在這小小的嬰兒車裡，在曾美麗嚴格而標準的手部伸展運動中，珠珠深切想起「長聲電」、「桃花扇」、「母擔停」。因為這些我們

不能預知、無從計畫的辛苦和努力，因為一個又一個從現實侷限中掙脫出來的夢想和快樂，因為一群又一群並不那麼優秀、並不那麼完美的孩子，卻透過一次又一次難以想像的堅持和奮鬥，讓自己變幸福、變光亮的故事，珠珠慢慢理解，為什麼會有這麼多床母，願意捐出自己的溫柔嗓音交換孩子的夢想，願意用青春美貌交換孩子的好人緣，願意用漫長的時間投資，學習艱難的神仙幻術來交換人間的幸福。

珠珠終於想清楚，什麼是比聰明、乖巧更重要的祝福。她想要守護在曾寶貝身邊，看著他學習、看著他吃苦、看著他改變，看著他在「喜歡與不喜歡」、「快樂與不快樂」、「成功與不成功」之間擺盪，自由地選擇，自由地長大，自由地成熟……，直到有一天，他在脫離床母娘，脫離十六歲以後接手的七星娘媽和魁星爺，脫離父母親，脫離老師、長輩，脫離任何權威框架以後，還可以因應生命的任何轉彎，輕鬆、快樂地往前走下去。

彷彿在黑霧飛濛著的水面，日色甦醒。珠珠含笑揉亂了曾寶貝軟軟的髮，聽大人們在新春的第一天，反反覆覆地逗著這孩子問：「曾寶貝，你幾歲？」

曾寶貝用一種「長大成熟」的聲音回答：「我四歲。」

珠珠心頭一震，不過睡了一個晚上，曾寶貝就四歲了。成長，是一件多麼迅速的事！能夠守護曾寶貝的時間，只剩下十二年，想起來也不是太長呢！

這時，有一股勇氣，來自四面八方，一起匯進珠珠身體裡。

珠珠對著曾寶貝，也對自己大聲喊：「新年快樂，恭喜發財！我們真的發了好多好多的財唷！不要忘記，這世間的每一個人，每一句話，每一件快樂或不快樂的事，都是我們的財產，我們生活著的每一天、每一分鐘，都是生命裡最美麗的寶貝！」

床母娘的心意

【1】淨谷

珠珠很怕七星娘媽。因為，即將從床母學校畢業前，唯一投下反對票，堅持「珠珠必須延畢」的老師，就是七星娘媽，而且吩咐要做成「文字記錄」，讓每一個人日後存查。很恐怖吧？好像有一張「我正盯著你」的臉，隨時在抓她的毛病，讓她任何時候想起來，都微微發抖。就是因為這張「我正盯著你」的臉，珠珠一直不敢鬆懈，每一天每一分鐘都很努力，想要做一個好床母。

曾寶貝兩周歲生日前，她使盡力氣，用光法寶，不但沒有解決問題，還差點害死曾寶貝，最後還是靠王母娘娘和七星娘媽聯合注入法力的「如意桃木劍」，勉強把掙扎在生死邊緣的小嬰兒救回來。那時，她對自己失望透了，決定，就這樣承認自己失敗了吧！反正，大家都知道，迷糊小珠珠不可能照顧好隨時充滿意外的嬰兒。

以前在床母學校時，南極仙翁總是要她到南極仙洞來照顧那對通靈仙鶴，她一頓腳，氣得到處亂飛，誰都知道那對通靈仙鶴，比她大上一、兩千歲，根本不需要她照顧，說不定還要倒過來照顧她呢！

珠珠越飛越生氣，明知道自己不應該生氣，需要好好反省，可是，不知道為什麼，找不到力量反省，沒辦法振作起來時，只能一邊飛一邊哭，越哭越傷心，氣自己怎麼會這麼笨？哭到最後，藏在身體裡的生氣、傷心、不甘願……，什麼都被眼淚澆溼，連飛行的力氣也消失了。

珠珠摔了下來，跌進水裡，猛地撞到石頭，差點昏了過去。好痛！她又氣、又急、又傷心，手忙腳亂地爬上岸一看，這是一個隱密的河灣，藏在突出的山崖底下，不可能再有另外一個笨手笨腳、連飛都飛不好的神仙，

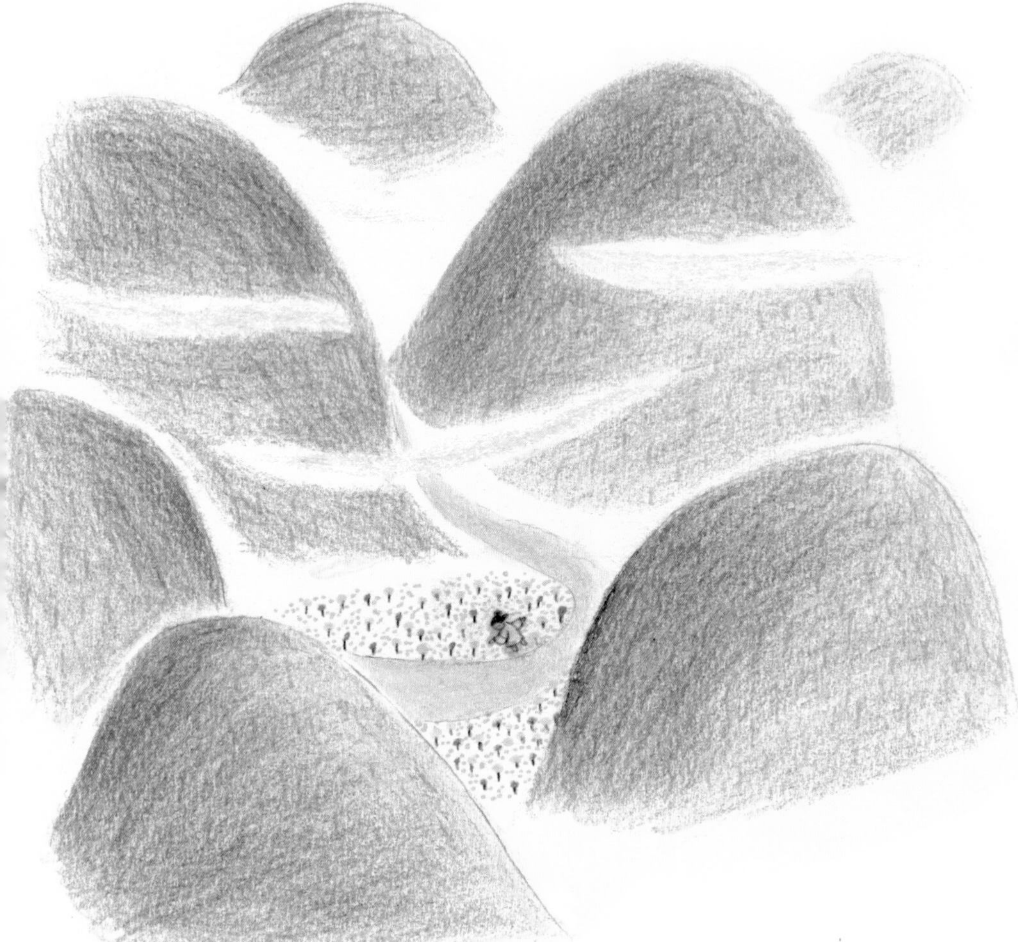

從天上掉下來了吧？剛好讓珠珠放心發洩，她開始天昏地暗地大聲哭起來。

不知道哭了多久，珠珠睡了過去。風很涼，水很乾淨，安穩的睡夢中，居然又夢見七星娘媽那張「我正盯著你」的臉，她一嚇，從安穩中震醒，想到自己真的像大家說的，少一根筋，連這麼傷心的時候都會睡著，一時忍不住又哭，越哭越大聲，眼淚越掉越多……。

「不要再哭啦！這樣哭下去，太多的眼淚，會超過淨河自己的濾淨能力啊！」突然傳出來的聲音，把珠珠嚇一大跳，止住淚，抬頭一看，有位慈祥的老公公，牽著漂亮的老婆婆，從山坳裡走出來。老婆婆的聲音，像小花兒在風中搖搖擺擺般，又清新又好聽：「被嚇到啦？我們一開始，也被從天上掉下來的你，徹底嚇到了呢！可是，你哭成這樣，又不好意思問你。」

「你們是誰？這裡是哪裡？」珠珠滿肚子問號，一時顧不得禮貌，衝口就問。他們笑了笑，才輕聲解說，這裡是「淨谷」，長久以來，誰都不容易找到的「漂流仙境」。

珠珠瞪大眼睛，愣愣看著這兩位年紀一大把，臉色還嫩得好像花瓣一般的「神祕人物」，像看到退隱後忽然現身的大明星，心情激動，幾乎忘了自己還在傷心！

【2】淨 河

千萬年來，淨谷以「幾百年」、「幾百年」做單位，不斷漂流，就是為了保持恆久無塵的清新潔淨。即使是專門傳遞消息的仙界使者，也不容易找到地址，大家常常因為耽誤時效，被上級責罰，所以，特別氣這兩個怪傢伙。

噢！對不起，不能沒禮貌，珠珠記起來，他們有很好聽的名字，叫做「花公」、「花婆」。床母學校的課本裡介紹過，他們掌管著所有的紅白花叢，每天都要為一朵又一朵新鮮脆弱的小花苞，澆水施肥、除蟲害，穩固根部，小心翼翼保護著每一朵花苞。

一朵花苞，就代表一個即將出生的小嬰兒，紅花苞代表女孩，白花苞代表男孩。聽說，在人間的每一個懷孕婦女，都要祭拜花公、花婆，送他們一份「花苞禮物」，只要開出一朵美麗的花朵，將來他們就能得到一個健康的寶寶。

不知道為什麼，對於那些該讀的書，一定會考的題目，珠珠都沒什麼興趣，可是，一些無關緊要的傳說，和一些奇奇怪怪的故事，根本不必花力

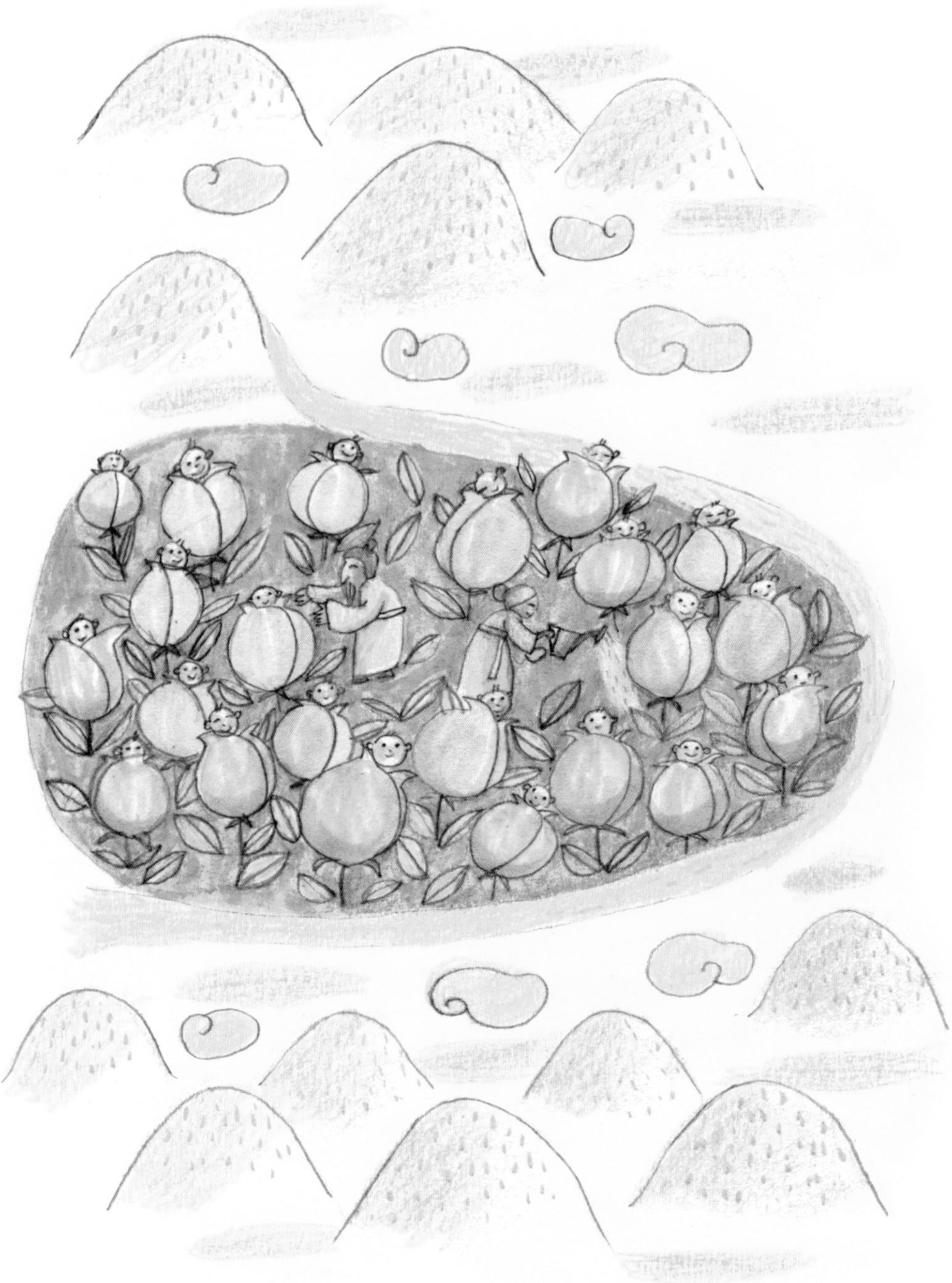

氣，她都記得牢牢的。像這兩位看起來很溫柔，確實也很好心的花公、花婆，她就特別記得，他們也會生氣唷！因為，他們是「護花使者」，非常珍惜每一朵美麗而脆弱的花，最氣的事就是，看到人們為了拜拜，摘下鮮花，斷送了點綴這個世界的美麗生命，還把責任推給神仙，說「供花」是為了神仙們喜歡。

那些犧牲鮮花生命，用來祈求「花苞禮物」的人，當然不能實現願望，還常常責怪，這什麼神仙嘛！根本就不靈。珠珠抿住唇，開始偷笑，記得老師在講這一段時，面無表情地加了一段小小的「結論」：「可是，鮮花、素果，常常都是神仙宴會時的主角。」

嚴肅的老師不是在講笑話，大家卻聽得哈哈大笑。尤其，那個在花公、花婆眼中，非常「造孽」的王母娘娘，一直都是小床母們的偶像。她總是在鬢旁髮稍，抹著在清晨露水間剛摘下來的花瓣做成的香精油，走過她身旁，彷彿穿過一片花海，呼吸到仍然鮮活著的每一朵「花的靈魂」。

那時候，大家常常打賭，王母娘娘和花公、花婆，到底誰多愛花一點呢？一想到這，珠珠逮到機會，立刻問：「請問，你們和王母娘娘，誰比較愛花？」

「花不是給人愛的。」一聽到王母娘娘的名字，花公慈祥的臉忽然「結凍」，「哼！」地一聲，冷冷說：「花就是孩子，我們陪伴他、照顧他，只要他安心盛開就夠了。什麼愛來愛去，都是藉口。我愛你，我把你摘下來；我愛你，你得聽我的；我愛你，所以你要變成這個、那個，世界會變得這麼亂，都是因為大家在亂愛！」

這番話，很好笑，可是，也有點道理。珠珠點點頭，看到花婆溫柔地拍拍花公的臉，把他的視線挪向河邊一大片迎風搖曳的紅的花、白的花：「別生氣了。瞧，這世界，多美啊！」

「真的耶！好美啊！就像可愛的小 Baby！」珠珠又找回力量，沒錯！她就是要當世界上最認真的床母，陪伴她的小嬰兒，迎向美麗的人生。聽到這句話，花公忽然問：「你想把嬰兒揉碎，做成香水，每天擦在身上，聞到最新鮮的嬰兒味兒嗎？」

珠珠呆住，一時不敢回答。這麼大膽地譴責王母娘娘的話，她從來沒聽過。長久以來，她好愛好愛王母娘娘，好喜歡聞著她身上淡淡的花香，第一次，她發現，愛有好多種，世界上，怎麼會藏著這麼多她不知道的愛呢？

「來，用你的指尖，輕輕聽，是不是聽到了花的各種快樂和擔心？」花婆牽起珠珠的手，輕輕撫摸著花瓣，一邊告訴珠珠，他們花了很多心思，漂流在每一座山、每一條河流，找出最清淨、最甜蜜的水，融進他們千萬年來的愛和盼望，鍊造出盡量不要讓人靠近的「淨谷」。

「淨谷」成形，必須靠著「淨河」寧靜而悠遠地釀造出不能複製的生命能，甜蜜、溫柔、寬厚、深邃、美好……，這就是大自然驚人的創造力。他們懷著感謝的心，舀著一瓢一瓢淨河的水，灌溉著紅的花、白的花，把甜蜜、溫柔、寬厚、深邃、美好……這些最美麗的感情，注入花心，讓每一個小花苞到了人間以後，都可以成為一個溫暖的人。

【3】發　現

「好棒的淨河啊！」珠珠幸福地吁嘆著。

花公卻冷冷地說：「要不是我們阻止你大哭特哭，一旦超過淨河的濾淨力，這些水，沾到你的眼淚，再被舀起來澆花，影響可就難以預測了，有些花容易傷心，有些花就特別容易生氣。你說，一點點眼淚，就會影響一個嬰兒一輩子，你還敢在這裡哭嗎？」

「啊，嗯，這個……」珠珠冒冷汗，努力想說點什麼。花婆摸摸她的頭，撫平了她的緊張：「這就是為什麼，我們一定要漂流在別人到不了的地方。不過，淨谷有一種保護自己的神祕能，情緒太污濁的人一靠近，淨谷會反彈出移動力，漂流到一定距離。你跌進來，一定是因為你的本質，溫暖比生氣多，快樂比傷心多，想要變好的力量，也比抱怨或放棄的力量更強。」

「真的耶！」珠珠好開心：「我媽媽都說，我怎麼活得這麼有勁啊！無論多麼傷心，睡上一覺，一早打開眼睛，我的心裡都會響起新的聲音，起床囉！今天一定會幸福！」

「所以啊！我們相遇，不是偶然。因為我們都希望，這個世界可以永遠幸福。」花婆握緊珠珠的手，輕輕一送：「不過，淨河有一定的濾淨極限；整個無邊世界，對萬事萬物的包容生養，都有一定極限。人也是一樣，相信自己、相信幸福的力量，都有極限，遇到極限的時候，更要想清楚，接下來，自己想要怎麼做？」

怎麼搞的？珠珠覺得，花婆的聲音，還這麼清楚地響在耳邊，他們的身形卻越來越模糊。一轉眼，淨谷消失在一片迷霧間，不知道又漂流到哪裡去了？

那時候她還不了解，為什麼萬事萬物的包容生養都有極限？一直到差點害死不滿兩周歲的小曾寶貝時，珠珠終於發現，長久以來，自己只是一股腦兒想擁有一個可愛的小嬰兒，卻不肯承認，自己扛不起床母娘這麼重要的責任，當她在腦中浮起七星娘媽那張「我正盯著你」的臉，才知道，這就是七星娘媽的愛，她知道生命的極限，不會拿任何一個小嬰兒來冒險。

當南極仙翁請「金鉤快遞」送來更多適合床母使用的新法寶時，珠珠最感動的，就是七星娘媽在她的「如意桃木劍」裡，暗自設定「分段功能」。第一次，她在「很怕很怕七星娘媽」的感情裡，生出一種很特別的「感謝」和「尊敬」，感謝她用法力設定分段解決問題；也尊敬這個看起來總像是在「找大家麻煩」的嚴師，在千萬年間的千萬件錯綜複雜的問題和麻煩裡，分神照顧每一個不斷出麻煩的小床母。

「如意桃木劍」的分段設定，讓珠珠明白，雖然，每個人都有極限，但是，只要承認問題，就可以找到很多解決方法。最重要的是，不要把時間浪費在自責和傷心裡，要趕快找出更多力量，她一定得趕快找到自己的優點，解決一向迷迷糊糊的問題。

珠珠比在床母學校的任何時候，還要更努力。當南極仙翁感應到神仙界至尊法寶「如意屏」被絞碎時，趕緊讓「金鉤快遞」為她送來當年在床母學校上課時，親自記下來的各種學習重點。

仙翁沒有責怪她，他的關心和信任，卻比責怪她，還要讓她更難過。她打開這些熟悉的筆記，想起以前在課堂上不斷發生的紕漏，以及總是在「解決紕漏」的過程中，一長串筋疲力盡的後悔和疲累，她終於明白，長久以來，她都弄錯了。

學習啊！不是為了考試、畢業，領到證書；也不是為了應付問題、解決問題；更不是為了避免讓關心自己的人失望，一遍一遍譴責自己、勉強自己，以為這樣就會變好。學生時代的自己，陷在這麼大的焦慮和壓力循環裡，怎麼可能快樂呢？

幸好，在曾寶貝上學以前，她深刻感受到，學習，就是為了快樂。

【4】學習，是為了快樂！

每一天，翻著筆記，珠珠讀著仙翁耐性的註解，知道那麼多自己原來不知道的事，她的心像花公、花婆澆灌出來的小小花苞，慢慢打開，感受到一個越來越大的世界，在區別出各種感覺差異中，感受到從來沒有發現到的快樂。

這就是她的責任。一定要讓曾寶貝感受到學習的快樂！

當媽咪陪著曾寶貝翻讀《好餓好餓的毛毛蟲》時，曾寶貝指著胖胖的毛毛蟲問媽咪：「阿公這麼胖，也會變成蝴蝶嗎？」媽咪好開心啊！天天向朋友炫耀，曾寶貝懂得「舉一反三」，好聰明唷！

只有珠珠知道，孩子啊！不能只是誇獎他們，真要做到「舉一反三」，必須找出更多方法，讓他們在「自己發現」中，找到快樂。當媽咪帶著曾寶貝散步時，珠珠故意撥動著路邊的小葉子，引起曾寶貝注意，他停下腳，伸出小小的手，穿過葉子上的小洞，專注地說：「被毛毛蟲吃掉了。」因為這些小小的發現，他自己找到「舉一反三」的快樂。

「你不是剛剛抽過菸了嗎？怎麼還抽？」看到爸爸抽菸，他很奇怪地問。爸爸的回答很簡單：「你中午吃過飯，怎麼晚上還要再吃？」

這句話很平凡，卻變成曾寶貝的「大發現」。從此以後，吃糖時他喜歡說：「已經吃過糖了，還想要再吃。」和媽媽抱抱，他彎著眼睛笑：「已經抱過了，還要抱。」想找媽咪一起讀圖畫書，他說：「已經翻過書了，還想要再翻一翻。」

嗯！這才叫做真正的「舉一反三」。珠珠又驕傲又開心，終於讓這孩子了解，學習很有趣！因為我們每一分鐘都可以享受著快樂。

有一天，和媽咪散步時，遇到一位阿姨，牽著大狗，曾寶貝有點害怕，躲在媽咪身後，小心地探出頭問：「阿姨，你在做什麼？」

「遛狗啊！」阿姨彎下腰，親切地逗著曾寶貝。他還是不了解：「什麼是遛狗呢？」

「就是帶著狗，出來散散步。要不然，牠關著一整天，會很無聊啊！」

曾寶貝點點頭，好像明白了。過了一會，他又問：「阿姨，你知道什麼是

遛男嗎？」

當阿姨滿臉茫然時，珠珠已經笑彎了腰。她知道，接下來，這孩子會「舉一反三」地加以解說：「就是帶男生出來散步啊！要不然，他也會很無聊。」

得意的媽咪，逢人聊起這孩子，總是誇他聰明。受到這麼多鼓勵，曾寶貝真的就越來越聰明。共讀《鱷魚怕怕牙醫怕怕》時，看到鱷魚怕牙醫，牙醫也怕鱷魚，曾寶貝哈哈大笑，還用黏土做出一顆又一顆大牙齒；當蚊子太多時，媽咪點起鱷魚蚊香，他就會問：「點了，鱷魚就會跑掉嗎？」；教他刷牙時，他還一臉老成地說：「不然，就要牙醫怕怕。」

也許常常在書中想像著害怕的感覺，這孩子慢慢在「害怕」中生出很多想像力。

當媽咪在睡覺前講「桃太郎」的故事給他聽，講到老婆婆從河裡撿起一顆大桃子，回家準備和老公公分享時，邊拿起一顆小枕頭，假裝就是大桃子，遞到他眼前：「你吃一口」；再拿回來：「我吃一口」；最後回到故事裡：「輪到老爺爺咬了一口時，耶？怎麼會有一顆嬰兒頭？」

聽到這一幕，曾寶貝的眼睛瞪得好大，一方面擔心嬰兒真的被吃掉了，一方面又怕桃子裡會跳出什麼妖怪，聽得膽戰心驚。藏在「桃太郎」這個故事裡，有驚奇、有冒險、有動物、有妖怪、有各種朋友的幫助，還有讓他急著想要長大的英雄力量，他喜歡一遍又一遍地拜託媽咪，反覆地講，重複享受著其中的驚險和快樂，只是，每次媽咪要分桃子的時候，他總是急著說：「你吃，你吃，我不吃。我怕吃到嬰兒頭。」

這種害怕，讓他從單純的天真可愛中，慢慢長大。他開始在「想要這個」、「想要那個」的種種快樂中，多出一點點溫柔、曲折，以及一些讓人疼惜、又讓人欣喜的層層依戀。

【5】學習，是為了自己！

曾爸爸最記得的是，曾寶貝第一次遇到停電，在黑暗中，驚慌地躲進爸爸懷裡，連曾美麗這個還不懂事的小妹妹，也急著掛在爸爸手臂上，不肯下來。爸爸好高興，被孩子需要，更覺得自己責任重大，不但用大大的手，握住他們小小的手，講一個晚上的英雄冒險故事；第二天，還特別為兩個孩子準備了可愛的小禮物：一個藍色、一個粉紅色的小手電筒。

小妹妹很高興，拿著粉紅色的小手電筒，開著燈玩，不肯關去，半天就把電池用光了。她嘟起嘴說：「壞掉了。」

曾寶貝卻特愛這個新玩具，常常在天黑時，打開藍色手電筒，看著圓圓的光柱，在地上照出一條亮亮的「光路」，假裝自己在黑暗中冒險。

有一天，媽咪陪他讀了故事，拉好被子，親了一下他的額頭說晚安以後，輕輕關上房門。曾寶貝又爬起來，打開小手電筒，輕輕走到媽咪房間說：「媽咪，我走過黑黑的地方來找你。」

「真美啊！」媽咪好感動，抱著他親了又親。睡在媽咪身邊的小妹妹曾美麗，這時也坐起身，以為這是新遊戲，跟著唧唧咕咕親個沒完、笑個沒完。妹妹的床母巧巧在旁邊不高興地瞪了珠珠一眼，氣她不負責任，該睡覺的時間，不讓孩子好好睡覺，這樣，將來就長不高。

珠珠笑了起來，沒關係啦！人生嘛！有時候就是會有這麼多意外的變化，至少，曾寶貝年紀這麼小，就懂得自己做決定，這樣，長大以後比較快樂。身為這孩子的床母，她必須讓他理解，我們摸索、學習，我們讀更多更多的書，都是因為好奇，因為我們自己很想要知道、很想要嘗試、很想要和以前不一樣。

她注意到，曾寶貝喜歡玩小球。他有一個螺旋塔式的球道，像「縮小滑水道」，球從比他身高微低一點的塔端放下，旋哪轉的，繞三、四圈後，才從塔底滾出來。曾寶貝很喜歡在球滾動時，急著伸手去抓球。他的手很小，笨笨的，不太能夠靈活控制，跟著球跑了幾趟，一直落空。

他的手還留在第一圈，球已經滑下第二圈；好不容易跟到第二圈，球又滑下第三圈……。這樣徒勞無效地追了兩、三次，曾寶貝忽然蹲下，「埋伏」在球道螺旋塔的第三圈。當球從塔頂丟下時，這個有智慧的「敵軍」，靜靜等著，一圈，兩圈，直到球落到第三圈時，他就輕鬆抓住這顆頑皮的小球，得意地笑了起來。

哇！珠珠好開心，這孩子已經懂得自己解決問題，這就是學習的意義。我們努力，都是為了自己！如果不是因為自己一次又一次受困，怎麼能夠徹底悔悟，如果她在床母學校再認真一點，養成更多專業能力，就不會經歷這麼多磨難，讓這麼多人擔心，而且還差一點讓曾寶貝受困，讓所有愛他的人傷心。

挫折和磨難，真的會讓人長大。只可惜，大部分的爸爸、媽媽，都捨不得讓孩子冒險吃苦。床母們只好在爸爸、媽媽睡覺時，鑽進他們的夢裡，提醒他們，孩子在學習、模仿的過程中，一定要捨得放手，讓他們吃一點苦頭，才能訓練他們，不斷摸索、前進。

有一天，媽咪隨興往滿地軟墊的原木地板躺下，看起來很舒服。曾寶貝立刻模仿「躺下」的動作，不過，他躺下時動到軟墊，幾個墊子一起滑開，頭一倒下，後腦勺在光禿禿的地板上敲出「砰！」地一聲巨響，連他自己都嚇一跳，居然忘了哭泣。

他觀察了一會，再「躺下」時，已經學會機靈地往前倒，沒有敲痛後腦勺，而是準確地撞到前額。這一撞，媽咪哈哈大笑，妹妹哈哈大笑，曾寶貝也跟著哈哈大笑。這樣撞了又笑，笑了又撞，半個鐘頭後，曾寶貝紅紅的額頭，轉為黑青，媽咪尖叫一聲：「天哪！很痛耶！你怎麼都不哭呢？」

曾寶貝不愛哭，珠珠得意，這可是她精心訓練出來的優點。

喜歡做決定、認真找快樂的孩子，通常都比較不會亂哭。曾寶貝可以張著專注的眼睛，緊盯著拿起「愛的小手」的爸爸，一邊穿過槍林彈雨般的「愛的打打」，一邊筆直對準他心愛的「侵占目標」，尤其他最喜歡抓漂亮的杯墊，準確、迅速地完成「奇襲」任務。有時候，還會一臉「正氣凜然」地發表聲明：「ㄟ，爸爸，用這個打人，很痛耶！」

看著大家拿他沒辦法，卻又一副「很愛很愛他」的樣子，珠珠心裡知道，這孩子被教得很好。從小他就知道，學習，是為了快樂，也是為了自己。

床母娘的記號

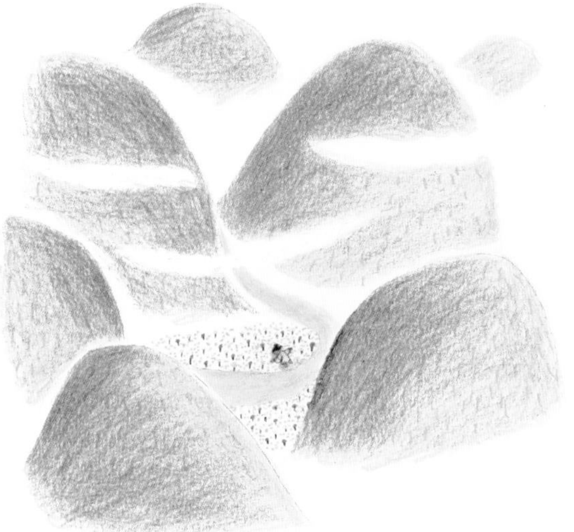

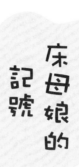

【1】七夕雨

隨著曾寶貝慢慢長大，照護工作越來越複雜，要引導他的責任，也跟著越來越沉重。

常常，珠珠在一遍又一遍檢查自己，到底還有哪些做得不夠多、不夠好的時候，她就會深深想念起七星娘媽。七星娘媽的工作量很大，雜務很多，責任又沉重，但是，她從來不抱怨。任何時候看到她，她總是專業、輕鬆，而且自在愉快，從來沒有顯現過慌張忙亂的樣子，更不可能在她臉上，看出種種關於她的「戀愛傳說」。

看著現在的七星娘媽，珠珠很難想像，在她出生之前不知道幾千年，在七星娘媽接任「照顧小孩」這個工作以前，她擁有一個好美的名字，叫做「織女」，是天帝捧在掌心裡的寶貝女兒，心很柔軟，感情很纖細，在每一個夜裡，為黑暗中的每一個人，編織著美麗的星光。

也許就是因為她這樣純潔而美麗，人們對她生出無止盡的疼愛和憐惜，所以才會有這麼多關於她的故事，被不同的人，用不同的版本，在不同的地方反覆傳說。

珠珠聽說，織女原來是個「愛情至上」的嬌嬌女，在下凡遊玩時，愛上牛郎，一時變得瘋狂、任性，不惜在家裡引起風暴，惹得天帝和王母，每天吵個不停。可是，年輕人的愛情這樣強烈，連在喜樂仙界活太久而覺得無聊的眾神，都被勾起年輕時談戀愛的美麗心情，所以，好多神仙背著天帝，偷偷在幫助牛郎，讓他跨越各種天人界線，就在抵達天界前，王母娘娘一發現，拿下髮簪在天幕上一劃，劃出銀河，在最後一刻阻止了兩人相聚。

後來啊！怒氣慢慢平息的王母娘娘，為了這個寶貝女兒，請喜鵲兒在農曆七月七日織女生日這天，搭一條「鵲橋」，讓他們年年見上一面。這漫長的等待和思念，只能在短短的一瞬裡交會，怎麼可能不傷心呢？所以，七夕的雨，傳說都是織女眷戀的眼淚。

這故事多美啊！但是，還是有很多朋友會吱吱喳喳說，她們聽到的才不是這樣。更早更早以前，大家都說，天帝的女兒織女，必須負責織出錦緞般的雲霞天衣，工作得很勞累，天帝覺得這個女兒很辛苦，替她找了個很帥的丈夫，叫做牛郎。沒想到，這兩個人太相愛了，每一天都有說不完的話，織女忘了織布，牛郎忘了牽牛，為了談戀愛變得懶惰，為了甜蜜幸福忘了責任，這時，天帝只好隔離他們，一年才能見一次面，讓他們好好檢討，七夕的雨啊！據說就是他們深深反省後的傷心和遺憾。

珠珠才不相信，現在這麼能幹的七星娘媽，以前會那麼懶惰！

奇怪，很多人，就是不想要說好話，不想讓大家都快樂，因為自己曾經傷心、失望過，就編出一些奇怪的傳說，什麼「織女變心」啊，「牛郎最後還不是厭煩了」這一類的故事，像花公說的「什麼愛來愛去，都在亂愛」。珠珠多希望，世界可以永遠美麗，不要有這些閒言閒語，所以，她展開積極的行動，每聽到不好的話，就堵住耳朵說：「我不要聽。」

真相，到底是哪一種呢？珠珠很不確定。因為，她還聽過另外一種傳說，比較符合王母娘娘容易心軟的個性。聽說，這個好媽媽發完脾氣，終究還是得顧慮著孩子們的未來，決定讓他們先分開一小段時間，每隔七天見一次面，學著用「理性」和「感性」，想清楚自己想要過的是什麼樣的人生？沒想到，喜鵲傳錯了天令，變成每年七月七日，才能見一次面。

一時的不小心，帶給牛郎、織女永生永世的痛苦，天令不能更改，說「對不起」也來不及了。

喜鵲兒好難過，每天不斷想著，如果生命可以倒轉，如果在一開始，可以多用一點心，只要多一點點也好……。只可惜，人生不能重來，好多事，說「對不起」的背後，都有一段殘酷的傷害，再多的彌補工作，都彌補不了。喜鵲兒自願為牛郎、織女搭起鵲橋，人們以為，一年一會的七夕雨，是情人的眼淚，其實大家誤會了，這是喜鵲兒的眼淚，氣自己不負責任，吐露著永遠不能彌補的懊悔。

後來，珠珠想了很久，也許自己最喜歡這個傳說的原因，不是因為王母娘娘在故事裡心腸最軟，而是她心疼喜鵲兒的懊悔和感傷，同樣感受到自己也是這樣，只有熱情、只有愛，當然是不夠的，一定，一定要多用一點心！

【2】生命波浪

珠珠想起曾美麗的床母巧巧常常叮嚀她：「我不想老是跟在你身後，收拾爛攤子，我不要在照顧孩子同時，每天都在擔心，她哥哥不會出什麼事吧？」

以前巧巧這樣說時，她總覺得，人生嘛！盡力就好，何必這麼愛抱怨呢？有時還會對巧巧伸伸舌頭，扮鬼臉讓她消氣。

現在，回想起曾寶貝一路長大的過程，對照喜鵲兒的眼淚，她深深知道，有很多事，都不能說「對不起」。在可能發生「對不起」以前，我們都必須深自警惕、用心，多用一點心，無論如何都要更用心！珠珠日日警惕自己，也不斷在陪伴曾寶貝時隨時留意，希望在他十六歲以前，可以明白「學習，是為了快樂」、「學習，是為了自己」，更重要的是，多用一點心，這樣，在他長大以後，無論經歷了多少困難、挫折，都會全力以赴，比較不會抱怨、不會傷心、不會遺憾，更不會後悔。

在曾寶貝上小學以前，珠珠把他教養成一個「環保寶寶」。爸爸、媽媽，還有好多的親戚、朋友，為他買各種精緻昂貴的玩具，樂高、拼圖、蝙蝠俠、Thomas 火車軌道、有趣的變形金剛組合機器人……，一盒又一盒華麗包裝的玩具禮物拆封以後，很快就被他收進玩具收藏箱。

他最喜歡玩「寶特瓶」。從小到大就是喜歡球的曾寶貝，第一次遇見寶特瓶，像天生球手摸到「超級法寶」，立刻「法力」全開，把寶特瓶排成三角隊形，就可以玩保齡球「全倒」；拿起來當棒球棒，揮擊全壘打；拉直了，打高爾夫球；躺橫了，打撞球……。就算他跟著爸爸媽媽到別人家作客，無論別的小孩玩起玩具來多麼入迷，他還是會帶著熱情和期待問：

「你們家都沒有寶特瓶嗎？」

看著大家慌忙把礦泉水倒到水壺裡，清空幾個寶特瓶給他玩，曾寶貝就會帶著新交到的朋友，玩起「不再只是寶特瓶」的寶特瓶。這些永遠充滿變化和想像的遊戲，讓這孩子，無論到哪裡都顯得很特別。大家都很喜歡他，他得到很多的愛，同樣地，他也一直用更加熱烈的純真深情來回報。

阿祖過世時，他捨不得看到大家傷心，用軟軟的手抱著阿嬤，張著嬰兒藍的大眼睛，對她編一個小人兒都相信、但不知道阿嬤相不相信的故事：「所有死去的人到了天上，就屬龍了。他們可以飛，可以到處流動，當我們抬起頭來，看看天上，有時候就會看到。」

上小學以後，同學們在遊戲或上課中，以非常戲劇化的「英雄聲勢」，在眾人驚嘆中，「風風光光」地掉下一顆牙，看起來，班上的「缺牙大隊」，人數越來越多，滿口好牙齒的曾寶貝，顯得越來越寂寞。有一天，洗澡的時候，他問媽咪：「什麼時候才會掉牙齒？」

「很難說耶！這不是你可以決定的。」媽咪一邊為他抹著香皂，一邊笑著叫他不要擔心。曾寶貝想了一下才說：「是不是要等老師說了，才可以？」

媽媽笑了，珠珠也笑。笑著笑著，她看到媽咪眼底浮起一層淡淡的憂傷。

曾寶貝長大了，現在，他喜歡老師，想要結婚的對象，就從媽媽換成老師；以後，他還會遇到更多喜歡他、他也會「更」喜歡的人，隨著認識的

FUTURE

人越多，世界越大，無論是媽咪、珠珠，都會變成他生命海洋中幾抹小小的波浪，曾經帶來驚喜、閃過光澤，沒多久，下一個波浪又湧過來了。

生命原來是無邊無涯的汪洋。一波又一波美麗的波浪，相接相續地撞擊出各種不同的聲音。如果我們靜下來仔細聽，就會聽到以前的聲音，現在的聲音，以及從遠遠的、遠遠的遠方傳來，下一分鐘的聲音，明天的聲音，三年、五年、十年以後的聲音。

曾寶貝以後會變成什麼樣子呢？珠珠有點捨不得，當然也跟著點感傷，她都有點忘記了，這孩子原來是什麼樣子？自己呢？自己原來又是什麼樣子？生命如波浪，這些繁複美麗的起起浮浮，隨著一日又一日，一年又一年，甚至幾千年又幾千年過去，是不是我們都會忘記了呢？

【3】放手

「無論你原來是什麼樣子，我喜歡你現在的努力。」曾寶貝長大以後，巧巧比較少指責珠珠，有時候，還會和她說說笑笑。珠珠好開心，她被讚美了耶！回想起這一路走來，南極仙翁的愛，王母娘娘的愛，七星娘媽的愛，花公、花婆的愛，以及巧巧有時對她兇、有時對她溫柔的愛……。

每一個人，都有好多種不一樣的「愛的方式」，像美麗的波浪，用各自不同的波形，豐富了生命的汪洋。雖然，她不像資優生巧巧這麼厲害，也不像溫柔的姊姊那麼細心，更不可能像「床母聯誼會」裡那些了不起的學姊們，修煉出偉大的新法寶，但是，看著曾寶貝一天又一天長大，很少哭，很少吵鬧，更不像一般孩子那樣，動不動就發脾氣，常常把「無聊」、「討厭」這些不好聽的話，掛在嘴巴上，這樣，她就覺得很欣慰。

剛上國中時，曾寶貝認識好多新朋友，嘻嘻哈哈地，順手在剛發下來的作業簿封面，把自己的名字寫成曾寶「見」，讓他轟動一時。珠珠氣他不用心，從小教他要多用一點心，換了個新環境，就讓她失望。可是，孩子不是我們的影子，珠珠反覆提醒自己，永遠不要計畫，百分之百複製自己為孩子們灌注的人生。就是因為他們會嘗試、會失敗、會散漫、會走岔了路，才有機會，在無數的感情撞擊裡，知道自己想要做什麼事，想要成為一個什麼樣的人，想要過什麼樣的人生？

應該是這樣吧？應該是這樣吧！珠珠其實也沒有把握。

這是她的第一個孩子，第一個任務，他的好，在她心中會放大一百倍；同樣的，他的不好，也會在她心中放大一百倍後，用一百倍的痛苦在折磨她。她常常氣這孩子不成材，氣這孩子辜負了她的期待，氣她所有的愛和心血居然都這樣落空了……。

巧巧每次都很受不了：「放輕鬆，好嗎？他媽咪都不像你這麼小題大作。」

「孩子啊！好處要用放大鏡看；壞處嘛！乾脆就不要看。」巧巧每次這樣勸珠珠時，就被狠狠瞪了一眼。珠珠「哼」一聲，說得好聽，曾美麗多麼乖巧甜蜜啊！哪像帶一個青春期叛逆男孩那樣，費心費血而又無效。巧巧大嚷起來：「無效？哪有這麼嚴重？」

話沒說完，「匡！」一聲巨響，從曾寶貝房間裡傳出來。她們一趕到，震嚇在當場，高達四十八公分高、占滿除了床以外全部空間的「月寒魔獸」模型，全被摔在地下，片片碎碎的，像珠珠的心也片片碎碎的，四散零落。

媽咪衝進來，看著這孩子從小學剛畢業就運用每個時間縫隙，花掉他大部分的零用錢，全力投注的這個巨大模型，瞬間全毀。她不知道，這個從小依戀她，會「穿過黑黑的地方來看她」的孩子，到底在什麼時候離她這麼遠了？媽咪說不出話，把眼淚含在眼眶，忍著不掉下來。

珠珠不斷說服自己，叛逆、瘋狂，讓我們失望、不滿，這些都是青少年在摸索、試探中，一定會經歷的過程。一路看著曾寶貝長大，她有自信，他夠好了，這只是一件小小的意外，小小的，很快就會過去。

可是，真的很快就會過去嗎？有時候，珠珠會害怕，這就是她堅持的愛嗎？這就是曾經那麼美麗而純潔的小寶貝嗎？連一向自認為「萬事通」的巧巧，面對這種沒有道理可以解釋的火爆氣氛，也完全無言，不得不承認，她只是在床母學校裡成績特別好，終究還是第一次出任務的「新手床母」。

隨著年紀漸長，孩子們慢慢褪去對床母娘的親密依戀，也越來越接收不到床母娘的教導。珠珠只能放手，放手讓這孩子，找到自己的方法，做自己。

除了陪伴，除了等待，還能怎樣呢？

當更多孩子掉失笑容，臉部表情越來越僵硬時，珠珠發現，曾寶貝慢慢適應「讀書，考試，讀書，考試，不斷的讀書，考試……」這種高壓力的國中節奏，大部分的時候還算自律，成績維持中上，有足夠的自信和能力，把同學的事、班級的事、學校的事，優先考慮，用很多充滿個性的方法，和大家分享快樂，替大家解決問題。

看著曾寶貝越來越不像她所熟悉的小時候那傻傻純純的樣子，珠珠仍然很高興，這就是她的愛。她想要陪著孩子，自己摸索，自己發現，交到很多朋友，對世界有貢獻，一輩子健康、快樂、幸福地長大。

【4】十六歲

曾寶貝十六歲了。人家都說，女生才需要「做十六歲」，可是，爸爸和媽咪都覺得，寶貝是第一個孩子，兩周歲時還因為血管瘤吃過很多苦頭，現在這麼懂事，有好多神靈要感謝啊！雖然鄰居都說，現在不流行這種「老掉牙的習俗」了，媽咪還是笑笑說：「好玩嘛！以前我十六歲時，祭拜完七娘媽後，我們家還設席，宴請親友大肆慶祝呢！」

「媽咪就是愛現！」美麗用指尖在臉上向媽咪刮了兩下「羞羞」。爸爸跟著加入戰場：「你媽咪啊！就是太幸福。古早的人做十六歲，為什麼要大請客呢?那是因為大家都窮，每個小孩都得去打工，一但過了十六歲，就可以領大人的薪水啦!家家戶戶當然要慶祝一下。」

「什麼?」美麗皺起眉，搖搖頭說:「真可憐耶!以前的孩子當童工被剝削，現在的孩子當考試機器被壓榨，到底哪一個時代的孩子，比較可憐呢?」

珠珠翻過頭去，看到巧巧抱著頭，滿臉「拿青少年沒辦法」的絕望。沒有一個資優生，可以保證人生會一帆風順，她以前一直羨慕巧巧好能幹，現在，也看到她像一般無助的小床母一樣，陷入頭痛、焦慮、緊張中，幸好，陪著珠珠，一路看曾寶貝變身，巧巧已經做好準備，曾美麗上了國中，還會有更多女孩子的叛逆花招，隨時會丟出來。

那年七夕，床母娘珠珠縱然有千百種捨不得，還是不得不把「監護神」

的工作，交給魁星爺爺和七星娘媽。魁星爺爺只管孩子們要考試的問題，大半的麻煩，都得靠七星娘媽在每一個孩子滿十六歲以前，想辦法開導、督正。

偏偏，青少年的問題越來越複雜，什麼「暗戀」啦！「霸凌」啊！以前都不曾聽過，現在要管的麻煩事卻越來越多，所以，七星娘媽總是以「超光速」的工作速度，四處飛行趕工，每天忙忙碌碌的，看起來特別嚴厲。

可是，珠珠已經不怕七星娘媽了。就要卸下曾寶貝的負擔之前，珠珠回想起這孩子童年時的牽戀、幼年時的摸索，青少年時讓她像坐雲霄飛車般高高懸著又落下的焦灼不安，她忽然深深感受到，環繞在七星娘媽身邊無岸無涯的愛。

就要和曾寶貝說再見了，在這一天以前，她以為自己丟不開，不知道會傷心多久？現在，看著這孩子長得又高又挺，對世界充滿了張望的勇氣和熱情，她才知道，原來，在愛的力量裡，藏著一種無懼、無悔的期盼，放手，讓孩子有能力去飛，這就是床母娘的愛。

無論時間流過去多遠、多長，印在她心裡的點點滴滴，如潮倒捲，占據著最鮮明的位置，因為，這是她第一個孩子。

看著整個人間，在七夕這天，忙忙碌碌地準備各種祭拜儀式。她想起十六年前，帶曾寶貝的第一年，第一次看到人們燒著印有神像、衣服、生活用品的「床母衣」感謝她對孩子的照顧時，她感動得掉下眼淚，覺得此生這樣活著，多美好，多值得！

隨著一年又一年，經歷了越來越多個「七夕」，有了餘閒在人間東張西望後，珠珠才發現，祭拜七星娘媽的「娘媽襖」、酬謝鳥母的「鳥母衣」，看起來都和「床母衣」長得差不多。

而且啊！在同一個七夕，家裡有嬰幼兒的人，有人拜床母，有人謝謝十二婆姐，有人祭祀七星娘媽，有人拜註生娘娘臨水夫人，還有的人會混在一起全部拜唷！

後來，遇到好多挫折，承受好多還不完的情意和照顧，珠珠越來越了解，人們喜歡拜這麼多神仙的理由。因為，這世間，沒有一個人，可以獨立把所有的事情都做好，總是會受到很多認識或不認識的人真心協助，得到很多意外的機會，到最後，要感謝的人太多了，就謝天吧！

難怪仙界的人，永遠那麼謙和、那麼溫柔，被這麼多人珍惜，真的好幸福啊！

曾爸爸一定也是出於這種珍惜的心情吧？捧著用竹片和紙糊起來的三

層「七星亭」，站在神案前，讓曾寶貝匍匐著從亭下穿過，起身後再向左繞三圈。媽咪轉身交代曾美麗：「哥哥是男生，要向左繞三圈，這叫做出鳥母宮；以後輪到你做十六歲時，記得，女孩子不一樣，要向右繞三圈，表示出婆媽，這樣，孩子就可以平安長大，我們的擔心，也可以卸下大半了。」

「哇！好浪漫！這不就是十六歲版的《向左轉向右轉》。」曾美麗總有這麼多奇奇怪怪的念頭，還興高采烈地笑轉向哥哥：「哈，長大啦！該換你養家囉！」

他們把「七星亭」和金紙、經衣，一起焚燒敬獻給七星娘媽。媽咪一邊燒，一邊向曾寶貝解釋，也有人把這種精緻的亭子，叫做「七娘媽亭」或「鳥母亭」，用來表示對七星娘媽和她的得力助手鳥母的感謝，這些過程，也叫做「出婆姐間」。曾美麗忍不住又插嘴：「又來啦！什麼出婆姐間，出婆媽，出鳥母宮，這樣會不會太複雜啊？」

巧巧高挑起眉，對口沒遮攔的曾美麗非常不滿。珠珠笑了起來，大部分的習俗，就像她聽到的織女故事一樣，因為時間太久了，講的人又多，這裡多加一點點這個人的看法，那裡多加一點點那個人的看法，版本當然會越來越複雜。

生命也是這樣，這裡多加一點點這個人的故事，那裡多加一點點那個人的故事，時間久了，我們的人生版本，同樣也越來越豐富。

【5】床母娘的記號

在等待下一個指派任務前的「晉級修煉」期間，珠珠花了很長的時間，在圖書館裡專心讀書。

為了清楚而有效地檢查自己的疏失，她把這十六年間的歷程，條理地做成筆記、查資料，做檢討，補強庇護嬰幼兒的專業技能。

珠珠的筆記很厚，也受到很多注意和討論。大家都說，小迷糊長大了，她的筆記就是床母娘的新法寶。有一些老師還不相信，她怎麼就這樣變身成一個愛讀書的孩子？珠珠笑了笑，愛讀書，真的沒辦法教，除非在剛好的轉彎時候，深刻感受到，學習是為了快樂、為了自己。

珠珠一直沒有接到第二個床母任務。很多人都擔心，是不是她的床母能力不被認可。她的心情很寧靜，知道自己做得不好，準備得不足，尤其看到大半的床母，一卸任就積極「晉級修煉」，她決心回到圖書館，把以前在床母學校讀的書，重新整理。

她在檔案室，找出各種考試卷和法術檢測，現在沒有老師打分數了，她卻比以前更認真，常常補考的「飛行」、「仙術」和「育嬰須知」三種課程，這時候回頭學，忽然都覺得有趣又有意思。

三年後，她終於接到新任務，是個女娃娃，甜蜜，但是很搗蛋，這一次，珠珠很有把握了，自然不會再像帶曾寶貝那樣驚險。

輾轉經手兩個孩子的床母任務以後，珠珠在「晉級修煉」期間，遇到巧巧。巧巧變得很溫柔。她們都在帶領孩子同時，自己跟著長大了。

有一天，珠珠在圖書館裡，找到畢業前床母學校的資格評鑑表，發現唯一投下反對票，堅持把「珠珠不適合當床母」這幾個字記錄下來的那張文字檔，不知道什麼時候被什麼人抽掉了？

還會有誰呢？珠珠笑了起來，一定是七星娘媽！只有她才懂得用「超光速」的工作效率，面面俱到，做所有她想要做的事。

七星娘媽怎麼會這麼厲害呢？正在圖書館裡發呆的珠珠，專注地在紙上畫呀畫地，一點都沒有注意到，她的姊姊，被譽為「床母模範生」的珍珍走過來，一把搶過她的筆記，大聲念出她在塗了又塗的紅框框裡寫的附註：「七夕的雨，究竟是相思的眼淚？還是後悔和傷心？」；「年輕時的七星娘媽，到底是哪一個織女？」

「哼！我就知道，人是不會變的。無論別人怎麼跟我推薦，我妹妹在修煉床母娘筆記法寶，我都不相信。」珍珍大吼：「你在想什麼啊？我們是床母耶！帶孩子，絕對不能疏忽、不能發呆，你整天胡思亂想，當年怎麼不去讀文曲星的文藝學校？一定要來當床母？」

珍珍身形很快，珠珠抓不到她，搶不回筆記本。從很久以前，她的「飛行」和「仙術」就差姊姊一大截，何況姊姊又經過這麼多年充滿決心和意志的苦修。珠珠死心了，茫茫然聽著姊姊一邊翻著筆記，一邊大聲地念：「大家都說，『出鳥母宮』就是『出婆姐間』，鳥母就是婆姐嗎？還是鳥母只是很單純地受七星娘媽請託在庇護嬰幼兒的仙鳥？或者，三十六婆姐的另外一個名字，就是鳥母？還是，三十六婆姐在發生困難、因應需要的時候，可以化身為仙鳥？」

「什麼嘛！你想寫偵探小說啊？這些事，何必你操心？」珍珍接著又唸：「總是配祀在註生娘娘身邊的三十六婆姐，到底是臨水夫人陳靖姑降服後改邪歸正的妖女，還是從妖女手下搶救回來的三十六個宮女？怎麼都沒有真正的答案？」

「這些婆姐，不但要管理幼兒的衣、食、住、行、驚嚇、夜哭和病痛等問題，還治療婦女百病，安產、收驚護嬰、驅煞。啊？還有？」姐姐繼續翻著筆記，不可思議地挑高眉：「你總共寫了多久？寫了多少？她們都這麼能幹了，為什麼還願意日以繼夜，只在廟裡做一個小小的嬰兒保姆？」

「你到底想幹嘛？」珍珍終於停下，把筆記本還給珠珠。珠珠想了半天，很認真地回答：「我在尋找，我們活著的意義。」

珍珍完全不懂，珠珠也不懂。

接到第四個床母任務的飛行途中，珠珠經過公園。陽光照著搖曳的葉子，片片都像薄薄的鏡子，閃爍出活躍在公園裡千百人的千萬種聲音。

每一個角落都很熱鬧，不知道為什麼，其中有個老人，讓她心裡流過一種熟悉的甜蜜。她回頭，注意到他手中那本厚厚的書滑掉了，老人很瘦，彎下腰去撿書時，從空中透過他鬆鬆的褲頭，還看得到一個青青淺淺的咬痕，是床母娘的記號。

曾寶貝！她心一震，彷兮惚兮，又回到曾寶貝兩周歲時，她覺得自己好愛他好愛他，愛到在他屁股上咬一口。不知道他還記不記得，自己曾經是床母娘的寶貝？可是，他的床母娘，因為這個記號，在繁複的人群裡，輕易就找到他。

能夠愛，是不是就是我們活著的意義？

這次，我們看著床母娘長大

——我讀《床母娘珠珠：黃秋芳童話》

徐錦成

1

如果我說：

「《床母娘珠珠：黃秋芳童話》是一本以愛寫成的童話集。書中的床母娘以愛陪伴孩子成長，讀者在閱讀過程中也跟著受到愛的洗禮。小讀者從中了解自己是如何長大的，而大讀者亦無法迴避回想自己的童年成長經驗，終究發現：原來，我們都是在眾人（及眾神）的愛中長大的！」

——如果我這樣說，我將不會是一個稱職的文學評論者，因為那不是評論的語言，而是讚美的語言。我並不習慣說那樣的話，但這本書確實讓我想那樣說，而事實上，我也已經說了！這無疑是本書的魔力，讓我忍不住說出口。

2

床母娘是兒童的守護神，以床母娘作為童話的主角，是既簡單又聰明的招式。說它「簡單」並無貶意，否則後面不會加上「聰明」。床母娘以照顧孩童為己任，我想不出有哪個角色比她更應該、更適合成為童話人物。奇怪的反而是：少見以床母娘為主角的童話。

數不清已有多少年了，兒童文學界一直對「我們的孩子是讀外國童話長大的」極為詬病。但無可諱言，外國翻譯來的童話廣受歡迎，國人的創作也難免受到外國童話的影響。包括顛覆性的書寫，台灣童話家改寫過無數次、無數篇外國的經典童話，不知不覺中，外國童話成為我們的傳統。偶爾我們見到有人寫土地公的新故事，便會覺得興奮、覺得「寫自己的童話」有希望。然而許多年過去了，本土童話還是少之又少。從這個觀點看，《床母娘珠珠：黃秋芳童話》是深具意義的。

但為何植根於傳統與本土的童話那麼少呢？我只能猜想，或許到了我們這一代，傳統也必須經過專業性的學習吧！黃秋芳是中文系出身，可能因此對於民俗有所涉獵。例如「壽金」、「刈金」、「銀紙」……等各式紙錢的區別，大多數的人都不清楚，黃秋芳雖點到為止（其實不妨多寫一點），但已與其他童話家的取徑明顯不同。附帶一提：現代人講究環保，連進廟裡都愈來愈少燒香了，哪還會想要認識各種紙錢？隨著「時代進步」，遲早這些傳統都只能在故紙堆（或雲端硬碟）裡尋找。

而本書也掉了一些中文系的書袋，如「桃花扇」、「長聲電（長生殿）」、「母擔停（牡丹亭）」等設定，既陌生又熟悉，讓童話增添不少與傳統對話的優雅氣息。

3

以床母娘作為主角，亦使得這一系列童話有了多重的對照。珠珠剛出場時，自己也是生手——甚至是個不及格的生手，照顧曾寶貝成長的同時，她自己也需要成長。珠珠看著曾寶貝長大，我們讀者則看著珠珠長大；而看著珠珠成長的同時，我們自己也學到不少。

兒童文學最忌說教，但主角若是床母娘，說教就變得極為自然了。例如這一段：

挫折和磨難，真的會讓人長大。只可惜，大部分的爸爸、媽媽，都捨不得讓孩子冒險吃苦。床母們只好在爸爸、媽媽睡覺時，鑽進他們的夢裡，提醒他們，孩子在學習、模仿的過程中，一定要捨得放手，讓他們吃一點苦頭，才能訓練他們，不斷摸索、前進。

這段文字若單獨看，很像是從「親子教育手冊」裡摘錄的片段，但它卻恰如其分地鑲嵌在床母娘的童話裡。它僅僅是珠珠的自言自語嗎？小讀者讀到這裡，會不會更領悟床母娘——或該說是爸爸、媽媽——的愛呢？而大讀者讀到這裡，除了反省上一代如何教養自己之外，會不會也思考起如何教養下一代呢？

依我看，《床母娘珠珠：黃秋芳童話》雖不是親子教養手冊，卻好過任何一本親子教養手冊！簡單一句「懂得自己解決問題，這就是學習的意義。」已勝過千言萬語。

4

這本書雖已完成，但它應只是床母娘珠珠的首部曲，是一個暫時的結集。以目前的規模而論，說它是「傑作」尚可，離「經典」還有一大段距離。幸運的是，它是系列的形式，可以持續發展。

依現有的根基寫下去，它有機會成為當代的《封神榜》或《西遊記》。若站在兒童文學的立場，這本書的價值更大，因為它是為兒童而寫的，不像《封神榜》、《西遊記》，必須改寫過才適合兒童閱讀。黃秋芳若不接著寫，等於手握如意桃木劍卻不施展，白白糟蹋了上天的禮物。

曾寶貝老年時，手裡還捧著一本「厚厚的書」，這隱含黃秋芳對於小讀者的期許，她希望她的讀者終身保持閱讀的習慣。請注意，那是一本「厚厚的書」，不是現在這本薄薄的《床母娘珠珠：黃秋芳童話》。床母娘總也不老，可說的故事還很多，我們大家就等著瞧吧！

童話列車 12

床母娘珠珠

黃秋芳童話

著者　黃秋芳
繪者　蘇力卡
主編　徐錦成
執行編輯　鍾欣純
創辦人　蔡文甫
發行人　蔡澤玉
出版發行　九歌出版社有限公司
臺北市八德路3段12巷57弄40號
電話／25776564・傳真／25789205
郵政劃撥／0112295-1
九歌文學網　www.chiuko.com.tw
印刷　晨捷印製股份有限公司
法律顧問　龍躍天律師・蕭雄淋律師・董安丹律師
初版　2015（民國104）年6月
定價　**280元**

書號　0173012
ISBN　978-986-450-000-0
（缺頁、破損或裝訂錯誤，請寄回本公司更換）

國家圖書館出版品預行編目(CIP)資料

床母娘珠珠 : 黃秋芳童話 / 黃秋芳著 ;
蘇力卡圖. -- 初版. -- 臺北市 : 九歌,
民104.06
面 ;　公分. -- (童話列車 ; 12)
ISBN 978-986-450-000-0(平裝)

859.6　　　　　　104006584